Poèmes antiques

Leconte de Lisle

Edition : Culturea (culurea.fr), 34 Hérault
Contact : infos@culturea.fr
Impression : BOD, Norderstedt (Allemagne)
ISBN : 9791041978724
Date de publication : juillet 2023
Mise en page et maquettage : https://reedsy.com/
Cet ouvrage a été composé avec la police Bauer Bodoni

PRIERE VEDIQUE P. LES MORTS 1866

Berger du monde, clos les paupières funèbres
des deux chiens d' Yama qui hantent les ténèbres.
Va, pars ! Suis le chemin antique des aïeux.
Ouvre sa tombe heureuse et qu' il s' endorme en elle,
ô terre du repos, douce aux hommes pieux !
Revêts-le de silence, ô terre maternelle,
et mets le long baiser de l' ombre sur ses yeux.
Que le berger divin chasse les chiens robustes
qui rôdent en hurlant sur la piste des justes !
Ne brûle point celui qui vécut sans remords.
Comme font l' oiseau noir, la fourmi, le reptile,
ne le déchire point, ô roi, ni ne le mords !
Mais plutôt, de ta gloire éclatante et subtile
pénètre-le, dieu clair, libérateur des morts !
Berger du monde, apaise autour de lui les râles
que poussent les gardiens du seuil, les deux chiens
pâles,
voici l' heure. Ton souffle au vent, ton oeil au feu !
ô libation sainte, arrose sa poussière !
Qu' elle s' unisse à tout dans le temps et le lieu !
Toi, portion vivante, en un corps de lumière,
remonte et prends la forme immortelle d' un dieu !
Que le berger divin comprime les mâchoires
et détourne le flair des chiens expiatoires !
Le beurre frais, le pur sôma, l' excellent miel,
coulent pour les héros, les poètes, les sages.

Ils sont assis, parfaits, en un rêve éternel.
Va, pars ! Allume enfin ta face à leurs visages,
et siège comme eux tous dans la splendeur du ciel !
Berger du monde, aveugle avec tes mains brûlantes
des deux chiens d' Yama les prunelles sanglantes.
Tes deux chiens qui jamais n' ont connu le sommeil,
dont les larges naseaux suivent le pied des races,
puissent-ils, Yama ! Jusqu' au dernier réveil,
dans la vallée et sur les monts perdant nos traces,
nous laisser voir longtemps la beauté du soleil !
Que le berger divin écarte de leurs proies
les chiens blêmes errant à l' angle des deux voies !
ô toi qui des hauteurs roules dans les vallons,
qui fécondes la mer dorée où tu pénètres,
qui sais les deux chemins mystérieux et longs,
je te salue, Agni, Savitri ! Roi des êtres !
Cavalier flamboyant sur les sept étalons !
Berger du monde, accours ! éblouis de tes flammes
les deux chiens d' Yama, dévorateurs des âmes.

LA MORT DE VALMIKI 1881

Valmiki, le poète immortel, est très vieux.
Toute chose éphémère a passé dans ses yeux
plus prompte que le bond léger de l' antilope.
Il a cent ans. L' ennui de vivre l' enveloppe.
Comme l' aigle, altéré d' un immuable azur,
s' agite et bat de l' aile au bord du nid obscur,

l' esprit, impatient des entraves humaines,
veut s' enfuir au delà des apparences vaines.
C' est pourquoi le chanteur des antiques héros
médite le silence et songe au long repos,
à l' ineffable paix où s' anéantit l' âme,
au terme du désir, du regret et du blâme,
au sublime sommeil sans rêve et sans moment,
sur qui l' oubli divin plane éternellement.
Le temps coule, la vie est pleine, l' oeuvre est faite.
Il a gravi le sombre Himavat jusqu' au faîte.
Ses pieds nus ont rougi l' âpre sentier des monts,
le vent des hautes nuits a mordu ses poumons ;
mais, sans plus retourner ni l' esprit ni la tête,
il ne s' est arrêté qu' où le monde s' arrête.
Sous le vaste figuier qui verdit respecté
de la neige hivernale et du torride été,
croisant ses maigres mains sur le bâton d' érable,
et vêtu de sa barbe épaisse et vénérable,
il contemple, immobile, une dernière fois,
les fleuves, les cités, et les lacs et les bois,
les monts, piliers du ciel, et l' océan sonore
d' où s' élance et fleurit le rosier de l' aurore.
L' homme impassible voit cela, silencieux.
La lumière sacrée envahit terre et cieux ;
du zénith au brin d' herbe et du gouffre à la nue,
elle vole, palpite, et nage et s' insinue,
dorant d' un seul baiser clair, subtil, frais et doux,
les oiseaux dans la mousse, et, sous les noirs

bambous,
les éléphants pensifs qui font frémir leurs rides
au vol strident et vif des vertes cantharides,
les radjahs et les chiens, Richis et Parias,
et l' insecte invisible et les Himalayas.
Un rire éblouissant illumine le monde.
L' arome de la vie inépuisable inonde
l' immensité du rêve énergique où Brahma
se vit, se reconnut, resplendit et s' aima.
L' âme de Valmiki plonge dans cette gloire.
Quel souffle a dissipé le temps expiatoire ?
ô vision des jours anciens, d' où renais-tu ?
ô large chant d' amour, de bonté, de vertu,
qui berces à jamais de ta flottante haleine
le grand Daçarathide et la mytiléenne,
les sages, les guerriers, les vierges et les dieux,
et le déroulement des siècles radieux,
pourquoi, tout parfumé des roses de l' abîme,
sembles-tu rejaillir de ta source sublime ?
Ramayana ! L' esprit puissant qui t' a chanté
suit ton vol au ciel bleu de la félicité,
et, dans l' enivrement des saintes harmonies,
se mêle au tourbillon des âmes infinies.
Le soleil grandit, monte, éclate, et brûle en paix.
Une muette ardeur, par effluves épais,
tombe de l' orbe en flamme où tout rentre et se noie,
les formes, les couleurs, les parfums et la joie
des choses, la rumeur humaine et le soupir

de la mer qui halète et vient de s' assoupir.
Tout se tait. L' univers embrasé se consume.
Et voici, hors du sol qui se gerce et qui fume,
une blanche fourmi qu' attire l' air brûlant ;
puis cent autres, puis mille et mille, et, pullulant
toujours, des millions encore, qui, sans trêve,
vont à l' assaut de l' homme absorbé dans son rêve,
debout contre le tronc du vieil arbre moussu,
et qui s' anéantit dans ce qu' il a conçu.
L' esprit ne sait plus rien des sens ni de soi-même.
Et les longues fourmis, traînant leur ventre blême,
ondulent vers leur proie inerte, s' amassant,
circulant, s' affaissant, s' enflant et bruissant
comme l' ascension d' une écume marine.
Elles couvrent ses pieds, ses cuisses, sa poitrine,
mordent, rongent la chair, pénètrent par les yeux
dans la concavité du crâne spacieux,
s' engouffrent dans la bouche ouverte et violette,
et de ce corps vivant font un roide squelette
planté sur l' Himavat comme un dieu sur l' autel,
et qui fut Valmiki, le poète immortel,
dont l' âme harmonieuse emplit l' ombre où nous sommes
et ne se taira plus sur les lèvres des hommes.

L'ARC DE CIVA 1855

Le vieux Daçaratha, sur son siège d' érable,
depuis trois jours entiers, depuis trois longues nuits,

immobile, l' oeil cave et lourd d' amers ennuis,
courbe sa tête vénérable.
Son dos maigre est couvert de ses grands cheveux blancs,
et sa robe est souillée. Il l' arrache et la froisse.
Puis il gémit tout bas, pressant avec angoisse
son coeur de ses deux bras tremblants.
à l' ombre des piliers aux lignes colossales,
où le lotus sacré s' épanouit en fleurs,
ses femmes, ses guerriers respectent ses douleurs,
muets, assis autour des salles.
Le vieux roi dit : -je meurs de chagrin consumé.
Qu' on appelle Rama, mon fils plein de courage ! -
tous se taisent. Les pleurs inondent son visage.
Il dit : -ô mon fils bien aimé !
Lève-toi, Lakçmana ! Attelle deux cavales
au char de guerre, et prends ton arc et ton carquois.
Va ! Parcours les cités, les montagnes, les bois,
au bruit éclatant des cymbales.
Dis à Rama qu' il vienne. Il est mon fils aîné,
le plus beau, le plus brave, et l' appui de ma race.
Et mieux vaudrait pour toi, si tu manques sa trace,
malheureux ! N' être jamais né. -
le jeune homme aux yeux noirs, se levant plein de
crainte,
franchit en bondissant les larges escaliers ;
il monte sur son char avec deux cymbaliers,
et fuit hors de la cité sainte.
Tandis que l' attelage aux jarrets vigoureux

hennit et court, il songe en son âme profonde :
-que ferai-je ? Où trouver, sur la face du monde,
Rama, mon frère généreux ?
Certes, la terre est grande, et voici bien des heures
que l' exil l' a chassé du palais paternel
et que sa douce voix, par un arrêt cruel,
n' a retenti dans nos demeures. -
tel Lakçmana médite. Et pourtant, jour et nuit,
il traverse cités, vallons, montagne et plaine.
Chaque cavale souffle une brûlante haleine,
et leur poil noir écume et luit.
-avez-vous vu Rama, laboureurs aux mains rudes ?
Et vous, filles du fleuve aux îlots de limons ?
Et vous, fiers cavaliers qui descendez des monts,
chasseurs des hautes solitudes ?
-non ! Nous étions courbés sur le sol nourricier.
-non ! Nous lavions nos corps dans l' eau qui rend
plus belles
-non, Radjah ! Nous percions les daims et les
gazelles
et le léopard carnassier. -
et Lakçmana soupire en poursuivant sa route.
Il a franchi les champs où germe et croît le riz ;
il s' enfonce au hasard dans les sentiers fleuris
des bois à l' immobile voûte.
-avez-vous vu Rama, contemplateurs pieux,
l' archer certain du but, brave entre les plus braves ?
-non ! Le rêve éternel a fermé nos yeux caves,

et nous n' avons vu que les dieux ! -
à travers les nopals aux tiges acérées,
et les buissons de ronce, et les rochers épars,
et le taillis épais inaccessible aux chars,
il va par les forêts sacrées.
Mais voici qu' un cri rauque, horrible, furieux,
trouble la solitude où planait le silence.
Le jeune homme frémit dans son coeur, et s' élance,
tendant l' oreille, ouvrant les yeux.
Un rakças de Lanka, noir comme un ours sauvage,
les cheveux hérissés, bondit dans le hallier.
Il porte une massue et la fait tournoyer,
et sa bouche écume de rage.
En face, roidissant son bras blanc et nerveux,
le grand Rama sourit et tend son arc qui ploie,
et sur son large dos, comme un nuage, ondoie
l' épaisseur de ses longs cheveux.
Un pied sur un tronc d' arbre échoué dans les herbes,
l' autre en arrière, il courbe avec un mâle effort
l' arme vibrante, où luit, messagère de mort,
la flèche aux trois pointes acerbes.
Soudain, du nerf tendu part en retentissant
le trait aigu. L' éclair a moins de promptitude.
Et le rakças rejette, en mordant le sol rude,
sa vie immonde avec son sang.
-Rama Daçarathide, honoré des brahmanes,
toi dont le sang est pur et dont le corps est blanc,
dit Lakçmana, salut, dompteur étincelant

de toutes les races profanes !
Salut, mon frère aîné, toi qui n' as point d' égal !
ô purificateur des forêts ascétiques,
Daçaratha, courbé sous les ans fatidiques,
gémit sur son siège royal.
Les larmes dans les yeux, il ne dort ni ne mange ;
la pâleur de la mort couvre son noble front.
Il t' appelle : ses pleurs ont lavé ton affront,
mon frère, et sa douleur te venge. -
Rama lui dit : -j' irai. -tous deux sortent des bois
où gît le noir rakças dans les herbes humides,
et montent sur le char aux sept jantes solides,
qui crie et cède sous leur poids.
La forêt disparaît. Ils franchissent vallées,
fleuves, plaines et monts ; et, tout poudreux, voilà
qu' ils s' arrêtent devant la grande mytila
aux cent pagodes crénelées.
D' éclatantes clameurs emplissent la cité,
et le roi les accueille et dit : -je te salue,
chef des guerriers, effroi de la race velue
toute noire d' iniquité !
Puisses-tu, seul de tous, tendre, ô Daçarathide,
l' arc immense d' or pur que Civa m' a donné !
Ma fille est le trésor par les dieux destiné
à qui ploîra l' arme splendide.
-je briserai cet arc comme un rameau flétri ;
les dêvas m' ont promis la plus belle des femmes ! -
il saisit l' arme d' or d' où jaillissent des flammes,

et la tend d' un bras aguerri.
Et l' arc ploie et se brise avec un bruit terrible.
La foule se prosterne et tremble. Le roi dit :
-puisse un jour Ravana, sept fois vil et maudit,
tomber sous ta flèche invincible !
Sois mon fils. -et l' époux immortel de Sita,
grâce aux dieux incarnés qui protègent les justes,
plein de gloire, revit ses demeures augustes
et le vieux roi Daçaratha.

ÇUNACEPA 1855

1

la vierge au char de nacre, aux tresses dénouées,
s' élance en souriant de la mer aux nuées
dans un brouillard de perle empli de flèches d' or.
De son rose attelage elle presse l' essor ;
elle baigne le mont bleuâtre aux lignes calmes,
et la fraîche vallée où, bercés sur les palmes,
les oiseaux au col rouge, au corps de diamant,
dans les nids attiédis sifflent joyeusement.
Tout s' éveille, vêtu d' une couleur divine,
tout étincelle et rit : le fleuve, la colline,
et la gorge où, le soir, le tigre a miaulé,
et le lac transparent de lotus étoilé.
Le bambou grêle sonne au vent ; les mousses hautes
entendent murmurer leurs invisibles hôtes ;
l' abeille en bourdonnant s' envole ; et les grands bois,
épais, mystérieux, pleins de confuses voix,
où les sages, plongés dans leur rêve ascétique,
ne comptent plus les jours tombés du ciel antique,
sentant courir la sève et circuler le feu,
se dressent rajeunis dans l' air subtil et bleu.
C' est ainsi que l' aurore, à l' océan pareille,
disperse ses rayons sur la terre vermeille,
comme de blancs troupeaux dans les herbages verts,
et de son doux regard pénètre l' univers.
Elle conduit au seuil des humaines demeures
le souci de la vie avec l' essaim des heures ;

car rien ne se repose à sa vive clarté.
Seul, dilatant son coeur sous le ciel argenté,
libre du vain désir des aurores futures,
l' homme juste vers elle élève ses mains pures.
Il sait que la mâyâ, ce mensonge éternel,
se rit de ce qui marche et pleure sous le ciel,
et qu' en formes sans nombre, illusion féconde,
avant le cours des temps elle a rêvé le monde.

2

sous la varangue basse, auprès de son figuier,
le richi vénérable achève de prier.
Sur ses bras d' ambre jaune il abaisse sa manche,
noue autour de ses reins la mousseline blanche,
et croisant ses deux pieds sous sa cuisse, l' oeil clos,
immobile et muet, il médite en repos.
Sa femme à pas légers vient poser sur sa natte
le riz, le lait caillé, la banane et la datte ;
puis elle se retire et va manger à part.
Trois hommes sont assis aux côtés du vieillard,
ses trois fils. L' aîné siège à droite, le plus jeune
à gauche. Le dernier rêve, en face, et fait jeûne.
Bien que le moins aimé, c' est le plus beau des trois.
Ses poignets sont ornés de bracelets étroits ;
sur son dos ferme et nu sa chevelure glisse
en anneaux négligés, épaisse, noire et lisse.
La tristesse se lit sur son front soucieux,
et, telle qu' un nuage, assombrit ses grands yeux.

Abaissant à demi sa paupière bronzée,
il regarde vers l' est la colline boisée,
où, sous les nappes d' or du soleil matinal,
les oiseaux pourpre et bleu flambent dans le çantal ;
où la vierge naïve aux beaux yeux de gazelle
parle de loin au coeur qui s' élance vers elle.
Mais, de l' aube qui naît jusqu' aux ombres du soir,
un long jour passera sans qu' il puisse la voir.
Aussi, l' âme blessée, il garde le silence,
tandis que le figuier murmure et se balance,
et qu' on entend, aux bords du fleuve aux claires eaux,
les caïmans joyeux glapir dans les roseaux.

3

sûryâ, comme un bloc de cristal diaphane,
dans l' espace azuré monte, grandit et plane.
la nue en fusion blanchit autour du dieu,
et l' océan céleste oscille dans le feu.
Tout bruit décroît ; l' oiseau laisse tomber ses ailes,
les feuilles du bambou ne chantent plus entre elles,
la fleur languissamment clôt sa corolle d' or
à l' abeille qui rôde et qui bourdonne encor ;
et la terre et le ciel où la flamme circule
se taisent à la fois devant le dieu qui brûle.
Mais voici que le long du fleuve, par milliers,
tels qu' un blanc tourbillon, courent des cavaliers ;
des chars tout hérissés de faux roulent derrière
et comme un étendard soulèvent la poussière.

Sur un grand éléphant qui fait trembler le sol,
vêtu d' or, abrité d' un large parasol
d' où pendent en festons des guirlandes fleuries,
le front ceint d' un bandeau chargé de pierreries,
le vieux maharadjah, roi des hommes, pareil
au magnanime indra debout dans le soleil,
devant le seuil rustique où le brahmane siège,
s' arrête, environné du belliqueux cortège.
-Richi, cher aux dêvas, dit-il, sage aux longs jours,
qui des temps fugitifs as mesuré le cours,
écoute-moi : mon coeur est couvert d' un nuage,
et comme au vil çudra les dieux m' ont fait outrage.
Je leur avais offert un sacrifice humain.
Le brahmane sacré levait déjà la main,
quand, du pilier massif déliant la victime,
ils ont terni ma gloire et m' ont chargé d' un crime.
J' ai parcouru les monts, les plaines, les cités,
cherchant un homme, pur des signes détestés,
qui lave de son sang ma faute involontaire
et du ressentiment des dieux sauve la terre.
Car indra, que mes pleurs amers n' ont point touché,
refusera l' eau vive au monde desséché,
et nous verrons languir sous les feux de sa haine
sur les sillons taris toute la race humaine.
Mais je n' ai point trouvé l' homme prédestiné.
Tes enfants sont nombreux : livre-moi ton aîné,
et je te donnerai, richi, te rendant grâces,
en échange et pour prix, cent mille vaches grasses. -

le brahmane lui dit : -ô roi, pour aucun prix,
je ne te céderai le premier de mes fils.
Par celui qui réside au sein des apparences
et se meut dans le monde et les intelligences,
dût la terre, semblable à la feuille des bois,
palpiter dans la flamme et se tordre aux abois,
radjah ! Je garderai le chef de ma famille.
Entre tous les vivants dont le monde fourmille,
vaines formes d' un jour, mon premier-né m' est cher. -
et la femme, sentant frémir toute sa chair,
dit à son tour : -ô roi, par la rouge déesse,
j' aime mon dernier fils avec trop de tendresse. -
alors çunacépa se leva sans pâlir :
-je vois bien que le jour est venu de mourir.
Mon père m' abandonne et ma mère m' oublie.
Mais avant qu' au pilier le brahmane me lie,
permets, maharadjah, que tout un jour encor
je vive. Quand, demain, dans la mer pleine d' or
sûryâ d' un seul bond poussera ses cavales,
je serai prêt. -c' est bien, dit le roi. -les
cymbales
résonnent, l' air s' emplit du bruit strident des chars ;
hennissements et cris roulent de toutes parts ;
et, remontant le cours de la sainte rivière,
tous s' en vont, inondés de flamme et de poussière.
Le jeune homme, debout devant ses vieux parents,
calme, les regardait de ses yeux transparents,
et les voyant muets : -mon père vénérable,

mes jours seront pareils aux feuilles de l' érable
qu' un orage d' été fait voltiger dans l' air
bien avant qu' ait sifflé le vent froid de l' hiver :
adieu ! Ma mère, adieu ! Vivez longtemps, mes frères
indra vous garde tous des puissances contraires,
et qu' il boive mon sang sur son pilier d' airain ! -
et le richi lui dit : -tout n' est qu' un songe vain. -

4

la colline était verte et de fleurs étoilée,
où l' arome du soir montait de la vallée,
où revenait l' essaim des sauvages ramiers
se blottir aux rameaux assouplis des palmiers,
qui, sous les cloches d' or des plantes enlacées,
rafraîchissaient l' air chaud de leurs feuilles bercées.
çunacépa, couché parmi le noir gazon,
voyait le jour décroître au paisible horizon,
et, pressant de ses bras son coeur plein de détresse,
pleurait devant la mort sa force et sa jeunesse.
Il vous pleurait, ô bois murmurants et touffus,
vallée où l' ombre amie éveille un chant confus,
fleuve aimé des dêvas, dont l' écume divine
a senti tant de fois palpiter sa poitrine,
champs de maïs, au vent du matin onduleux,
cimes des monts lointains, vastes mers aux flots bleus,
beaux astres, habitants de l' espace sans borne
qui flottez dans le ciel étincelant et morne !
Mais plus que la nature et que ce dernier jour,

ô fleur épanouie aux baisers de l' amour,
ô çanta, coupe pure où ses lèvres fidèles
buvaient le flot sacré des larmes immortelles,
c' était toi qu' il pleurait, toi, son unique bien,
auprès de qui le monde immense n' était rien !
Et, comme il t' appelait de son âme brisée,
tu vins à ses côtés t' asseoir dans la rosée,
joyeuse, et tes longs cils voilant tes yeux charmants,
souple comme un roseau sous tes blancs vêtements,
et faisant à tes bras, qu' autour de lui tu jettes,
sonner tes bracelets où tintent des clochettes.
Puis, d' une voix pareille aux chansons des oiseaux
quand l' aube les éveille en leurs nids doux et chauds,
ou comme le bruit clair des sources fugitives,
tu lui dis de ta bouche humide, aux couleurs vives :
-me voici, me voici, mon bien-aimé ! J' accours.
Depuis hier, ami, j' ai compté mille jours !
Jamais contre mes voeux l' heure ne fut plus lente.
Mais à peine ai-je vu, de sa lueur tremblante,
une étoile argenter l' azur du ciel profond,
j' ai délaissé ma natte et notre enclos, d' un bond !
L' antilope aux jarrets légers courait moins vite.
Mais ton visage est triste, et ton regard m' évite !
Tu pleures ! Est-ce moi qui fais couler tes pleurs ?
Réponds-moi ! Mes baisers guériront tes douleurs.
Parle, pourquoi pleurer ? Souviens-toi que je t' aime,
plus que mon père et plus que ma mère elle-même ! -
et de ses beaux bras nus elle fit doucement

un tiède collier d' ambre au cou de son amant,
inquiète, cherchant à deviner sa peine,
et posant au hasard sa bouche sur la sienne.
Lui, devant tant de grâce et d' amour hésitant,
se taisait, le front sombre et le coeur palpitant.
Mais bientôt, débordant d' angoisse et d' amertume,
il répondit : -çanta ! Qu' un jour encor s' allume,
il me verra mourir. Quand l' ombre descendra,
je répandrai mon sang sur le pilier d' indra.
Mon père vénéré, heureux soit-il sans cesse !
Au couteau du brahmane a vendu ma jeunesse :
je tiendrai sa parole. ô ma vie, ô ma soeur,
viens, viens, regarde-moi ! L' aube a moins de douceur
que tes yeux, et l' eau vive est moins limpide et pure,
quand ils rayonnent sous ta noire chevelure ;
et le son de ta voix m' enivre et chante mieux
que la blanche Apsara sous le figuier des dieux !
Oh ! Parle-moi ! Ta bouche est comme la fleur rose
qu' un baiser du soleil enflamme à peine éclose,
la fleur de l' açoka dont l' arome est de miel,
où les blonds bengalis boivent l' oubli du ciel !
Oh ! Que je presse encor tes lèvres parfumées,
qui pour toujours, hélas ! Me vont être fermées !
Et, puisque j' ai vécu le jour de mon bonheur,
pour la dernière fois viens pleurer sur mon coeur ! -
comme on voit la gazelle en proie au trait rapide
rouler sur l' herbe épaisse et de son sang humide,
clore ses yeux en pleurs, palpiter et gémir,

la pâle jeune fille, avec un seul soupir,
aux pieds de son amant tomba froide et pâmée.
épouvanté, baisant sa lèvre inanimée,
çunacépa lui dit : -ô çanta, ne meurs pas ! -
il souleva ce corps charmant entre ses bras,
et de mille baisers et de mille caresses
il réchauffa son front blanc sous ses noires tresses.
-ne meurs pas ! Ne meurs pas ! Je t' aime, écoute-moi :
je ne pourrai jamais vivre ou mourir sans toi ! -
elle entr' ouvrit les yeux, et des larmes amères,
brûlantes, aussitôt emplirent ses paupières :
-viens, ô mon bien-aimé ! Fuyons ! Le monde est
grand.
Nous suivrons la ravine où gronde le torrent ;
sur la ronce et l' épine, à travers le bois sombre,
nul regard ennemi ne vous suivra dans l' ombre.
Hâtons-nous. La nuit vaste enveloppe les cieux.
Je connais les sentiers étroits, mystérieux,
qui conduisent du fleuve aux montagnes prochaines.
Les grands tigres rayés y rôdent par centaines ;
mais le tigre vaut mieux que l' homme au coeur de fer !
Viens ! Fuyons sans tarder, si mon amour t' est cher. -
çunacépa, pensif, et se baissant vers elle,
la regardait. Jamais il ne la vit si belle.
Avec ses longs yeux noirs de pleurs étincelants,
et ses bras de lotus enlacés et tremblants,
ses lèvres de corail, et flottant sur sa joue
ses longs cheveux épars que la douleur dénoue.

-les dieux savent pourtant si je t' aime, ô çanta !
Mais que dirait le roi, fils de Daçaratha ?
Qu' un brahmane a volé cent mille belles vaches,
et qu' il a pour enfants des menteurs et des lâches ?
Non, non ! Mieux vaut mourir. J' ai promis, je tiendrai.
Le vieux radjah m' attend ; encore un jour, j' irai,
et le sang jaillira par flots purs de mes veines !
Taris tes pleurs, enfant ; cessons nos plaintes
vaines ;
aimons-nous ! L' heure vole et ne revient jamais !
Et, quand mes yeux éteints seront clos désormais,
ô fleur de mon printemps, sois toujours adorée !
Parfume encor la terre où je t' ai respirée !
-tu veux mourir, dit-elle, et tu m' aimes ! Eh bien,
le couteau dans ton coeur rencontrera le mien !
Je te suivrai. Mes yeux pourraient-ils voir encore
le monde s' éveiller, désert à chaque aurore ?
C' est par toi que, l' oreille ouverte aux bruits
joyeux,
j' écoutais les oiseaux qui chantaient dans les cieux,
par toi que la verdeur de la vallée enivre,
par toi que je respire et qu' il m' est doux de vivre... -
et des sanglots profonds étouffèrent sa voix.
Alors un grand oiseau, qui planait sur les bois,
comme un nuage noir aux voûtes éternelles,
sur un palmier géant vint replier ses ailes.
De ses larges yeux d' or la prunelle flambait
et dardait un éclair dans la nuit qui tombait,

et de son dos puissant les plumes hérissées
faisaient dans le silence un bruit d' armes froissées.
Puis vers les deux amants, qu' il semblait contempler,
il se pencha d' en haut et se mit à parler :
-ne vous effrayez pas de mon aspect sauvage ;
je suis inoffensif et vieux, si ce n' est sage.
C' est moi qui combattis autrefois dans le ciel
le maître de Lanka, le rakças immortel,
lorsqu' en un tourbillon, plein de désirs infâmes,
il enlevait Sita, la plus belle des femmes.
De mes serres d' airain et de mon bec de fer
je fis pleuvoir sanglants des lambeaux de sa chair
mais il me brisa l' aile et ravit sa victime.
Et moi, comme un roc lourd roulant de cime en cime,
je crus mourir. Enfants, je suis l' antique roi
des vautours. J' ai pitié de vous ; écoutez-moi.
Quand sûryâ des monts enflammera la crête,
cherchez dans la forêt viçvamitra l' ascète,
dont les austérités terribles font un dieu.
Lui seul peut te sauver, fils du brahmane. Adieu ! -
et, repoussant du pied les palmes remuées,
il déploya son vol vers les hautes nuées.

5

la nuit divine, enfin, dans l' ampleur des cieux clairs,
avec sa robe noire aux plis brodés d' éclairs,
son char d' ébène et d' or, attelé de cavales
de jais et dont les yeux sont deux larges opales,

tranquille et déroulant au souffle harmonieux
de l' espace, au-dessus de son front glorieux,
sa guirlande étoilée et l' écharpe des nues,
descendit dans les mers des dêvas seuls connues ;
et l' est devint d' argent, puis d' or, puis flamboya,
et l' univers encor reconnut sûryâ !
à travers la forêt profonde et murmurante,
où sous les noirs taillis jaillit la source errante ;
où comme le reptile, en de souples détours,
la liane aux cent noeuds étreint les rameaux lourds,
et laisse, du sommet des immenses feuillages,
pendre ses fleurs de pourpre au milieu des herbages ;
par les sentiers de mousse épaisse et de rosiers,
où les lézards aux dos diaprés, par milliers,
rôdent furtifs et font crier la feuille sèche ;
dans les fourrés d' érable où, comme un vol de flèche,
l' antilope aux yeux bleus, l' oreille au vent, bondit ;
où l' oeil du léopard par instants resplendit ;
tous deux, le coeur empli d' espérance et de crainte,
cherchaient viçvamitra dans sa retraite sainte.
Et quand le jour, tombant des cimes du ciel bleu,
de l' éternelle voûte embrasa le milieu,
loin de l' ombre, debout, dans une âpre clairière,
ils le virent soudain baigné par la lumière.
Ses yeux creux que jamais n' a fermés le sommeil
luisaient ; ses maigres bras brûlés par le soleil
pendaient le long du corps ; ses jambes décharnées,
du milieu des cailloux et des herbes fanées,

se dressaient sans ployer comme des pieux de fer ;
ses ongles recourbés s' enfonçaient dans la chair ;
et sur l' épaule aiguë et sur l' échine osseuse
tombait jusqu' aux jarrets sa chevelure affreuse,
inextricable amas de ronces, noir réseau
de fange desséchée et de fientes d' oiseau,
où, comme font les vers dans la vase mouvante,
s' agitait au hasard la vermine vivante,
peuple immonde, habitant de ce corps endurci,
et nourri de son sang inerte. C' est ainsi
que, gardant à jamais sa rigide attitude,
il rêvait comme un dieu fait d' un bloc sec et rude.
çanta, le sein ému d' une pieuse horreur,
frémit ; mais le jeune homme, aguerrissant son coeur,
parla, plein de respect : -viçvamitra, mon père,
je ne viens point à toi dans une heure prospère :
le destin noir me suit comme un cerf aux abois.
Jeunesse, amour, bonheur, et la vie à la fois,
je perds tout. Sauve-moi. Je sais qu' à ta parole
le ciel devient plus sombre ou l' orage s' envole.
Tu peux, par la vertu des incantations,
alléger le fardeau des malédictions ;
tu peux, sans altérer l' implacable justice,
émousser sur mon coeur le fer du sacrifice.
Réponds donc. Si le roi des vautours a dit vrai,
tu feras deux heureux, mon père, et je vivrai. -
et l' ascète immobile écoutait sans paraître
entendre. Et le jeune homme étonné reprit : -maître,

ne répondras-tu point ? -et le maigre vieillard
lui dit, sans abaisser son morne et noir regard :
-réjouis-toi, mon fils ! Bien qu' il soit vain de rire
ou de pleurer, et vain d' aimer ou de maudire.
Tu vas sortir, sacré par l' expiation,
du monde obscur des sens et de la passion,
et franchir, jeune encor, la porte de lumière
par où tu plongeras dans l' essence première.
La vie est comme l' onde où tombe un corps pesant :
un cercle étroit s' y forme, et va s' élargissant,
et disparaît enfin dans sa grandeur sans terme.
La mâyâ te séduit ; mais, si ton coeur est ferme,
tu verras s' envoler comme un peu de vapeur
la colère, l' amour, le désir et la peur ;
et le monde illusoire aux formes innombrables
s' écroulera sous toi comme un monceau de sables.
-ô sage ! Si mon coeur est faible et déchiré,
je ne crains rien pour moi, sache-le. Je mourrai,
come si j' étais fait ou d' airain ou de pierre,
sans pâlir ni pousser la plainte et la prière
du lâche ou du çudra. Mais j' aime et suis aimé !
Vois cette fleur des bois dont l' air est embaumé,
ce rayon enchanté qui plane sur ma vie,
dont ma paupière est pleine et jamais assouvie !
Mon sang n' est plus à moi : çanta meurt si je meurs ! -
et viçvamitra dit : -les flots pleins de rumeurs
que le vent roule et creuse et couronne d' écume,
les forêts qu' il secoue et heurte dans la brume,

les lacs que l' asura bat d' un noir aileron
et dont les blancs lotus sont souillés de limon,
et le ciel où la foudre en rugissant se joue,
sont tous moins agités que l' homme au coeur de boue.
Va ! Le monde est un songe et l' homme n' a qu' un jour,
et le néant divin ne connaît pas l' amour ! -
çunacépa lui dit : -c' est bien. Je te salue,
mon père, et je t' en crois ; ma mort est résolue ;
et trop longtemps, vain jouet des brèves passions,
j' ai disputé mon âme aux incarnations.
Mais, par tous les dêvas, ô sage, elle est si belle !
Taris ses pleurs amers, prie et veille pour elle,
afin que je m' endorme en bénissant ton nom. -
alors çanta, les yeux étincelants : -oh ! Non,
maître ! Non, non ! Tu veux éprouver son courage !
La divine bonté brille sur ton visage ;
secours-le, sauve-moi ! J' embrasse tes genoux,
mon père vénérable et cher ! Vivre est si doux !
Puissent les dieux qui t' ont donné la foi suprême
t' accueillir en leur sein ! Vois, je suis jeune et
j' aime ! -
telle çanta, le front prosterné, sanglotait ;
et l' ascète, les yeux dans l' espace, écoutait :
-j' entends chanter l' oiseau de mes jeunes années,
dit-il, et l' épaisseur des forêts fortunées
murmure comme aux jours où j' étais homme encor.
Ai-je dormi cent ans, gardant tel qu' un trésor
le souvenir vivant des passions humaines ?

D' où vient que tout mon corps frémit, et que mes veines
sentent brûler un sang glacé par tant d' hivers !
Mais assez, ô mâyâ, source de l' univers !
C' est assez, j' ai vécu. Pour toi, femme, pareille
à l' Apsara qui court sur la mousse vermeille,
et toi, fils du brahmane, écoutez et partez,
et ne me troublez plus dans mes austérités.
Dès qu' au pilier fatal, sous des liens d' écorce,
les sacrificateurs auront dompté ta force,
récite par sept fois l' hymne sacré d' indra.
Aussitôt dans la nue un bruit éclatera
terrible, et tes liens se briseront d' eux-mêmes ;
et les hommes fuiront, épouvantés et blêmes ;
et le sang d' un cheval calmera les dêvas ;
et si tu veux souffrir encore, tu vivras !
Adieu. Je vais rentrer dans l' éternel silence,
comme une goutte d' eau dans l' océan immense. -

6

le siège est d' or massif, et d' or le pavillon
du vieux maharadjah. L' image d' un lion
flotte, en flamme, dans l' air, et domine la fête.
Dix colonnes d' argent portent le large faîte
du trône où des festons brodés de diamants
pendent aux angles droits en clairs rayonnements.
Sur les degrés de nacre où la perle étincelle
la pourpre en plis soyeux se déploie et ruisselle ;
et mille kchatryas, grands, belliqueux, armés,

tiennent du pavillon tous les abords fermés.
En face, fait de pierre et de forme cubique,
l' autel est préparé selon le rite antique,
surmonté d' un pilier d' airain et d' un boeuf blanc
aux quatre cornes d' or. D' un accent grave et lent
le brahmane qui doit égorger la victime
murmure du sama la formule sublime,
et les prêtres courbés récitent à leur tour
cent prières du rig, cent vers de l' yadjour.
Et dans la plaine immense un peuple infini roule
comme les flots. Le sol tremble au poids de la foule.
Les hommes au sang pur, au corps blanc, aux yeux fiers,
qui vivent sur les monts et sur le bord des mers,
et tendent l' arc guerrier avec des mains robustes ;
et la race au front noir, maudite des dieux justes,
dévouée aux rakças et qui hante les bois ;
tous, pour le sacrifice, accourent à la fois,
et font monter au ciel, d' une voix éclatante,
les clameurs de la joie et d' une longue attente.
Les cymbales de cuivre et la conque aux bruits sourds,
et la vîna perçante et les rauques tambours,
vibrant, grondant, sifflant, résonnent dans la plaine,
et les peuples muets retiennent leur haleine.
C' est l' heure. Le brahmane élève au ciel les bras,
et la victime offerte avance pas à pas.
Le jeune homme au front ceint de lotus, calme et pâle,
monte sans hésiter sur la pierre fatale ;
tous ses membres roidis sont liés au poteau,

et le prêtre en son sein va plonger le couteau.
Alors il se souvient des paroles du sage :
il prie indra qui siège et gronde dans l' orage,
et sept fois l' hymne saint, que tous disent en choeur,
fait hésiter le fer qui doit percer son coeur.
Tout à coup, des sommets du ciel plein de lumière,
la foudre inattendue éclate sur la pierre ;
l' airain du pilier fond en ruisseaux embrasés.
çunacépa bondit ; ses liens sont brisés,
il est libre ! à travers la foule épouvantée,
il fuit comme la flèche à son but emportée.
Aussitôt le soleil rayonne, et sur le flanc
un étalon fougueux, dont tout le poil est blanc,
tombe, les pieds liés, hennit, et le brahmane
offre son sang au dieu de qui la foudre émane.

7

ô rayon de soleil égaré dans nos nuits,
ô bonheur ! Le moment est rapide où tu luis,
et quand l' illusion qui t' a créé t' entraîne,
un plus amer souci consume l' âme humaine ;
mais quels pleurs répandus, quel mal immérité,
peuvent jamais payer ta brève volupté !
L' air sonore était frais et plein d' odeurs divines.
Les bengalis au bec de pourpre, aux ailes fines,
et les verts colibris et les perroquets bleus,
et l' oiseau diamant, flèche au vol merveilleux,
dans les buissons dorés, sur les figuiers superbes,

passaient, sifflaient, chantaient. Au sein des grandes herbes
un murmure joyeux s' exhalait des halliers ;
autour du miel des fleurs, les essaims familiers,
délaissant les vieux troncs aux ruches pacifiques,
s' empressaient ; et partout, sous les cieux magnifiques,
avec l' arome vif et pénétrant des bois,
montait un chant immense et paisible à la fois.
Sur son coeur enivré pressant sa bien-aimée,
réchauffant de baisers sa lèvre parfumée,
çunacépa sentait, en un rêve enchanté,
déborder le torrent de sa félicité !
Et çanta l' enchaînait d' une invincible étreinte !
Et rien n' interrompait, durant cette heure sainte
où le temps n' a plus d' aile, où la vie est un jour,
le silence divin et les pleurs de l' amour.

LA VISION DE BRAHMA 1857

Tandis qu' enveloppé des ténèbres premières,
Brahma cherchait en soi l' origine et la fin,
la mâyâ le couvrit de son réseau divin,
et son coeur sombre et froid se fondit en lumières.
Aux pics du kaîlaça, d' où l' eau vive et le miel
d' où le saint fleuve verse en courbes immuables
ses cascades de neige à travers l' arc-en-ciel ;
parmi les coqs guerriers, les paons aux belles queues,
l' essaim des Apsaras qui bondissaient en choeur,
et le vol des esprits bercés dans leur langueur,
et les riches oiseaux lissant leurs plumes bleues ;
sur sa couche semblable à l' écume du lait,
il vit celui que nul n' a vu, l' âme des âmes,
tel qu' un frais nymphéa dans une mer de flammes
d' où l' être en millions de formes ruisselait :
hâri, le réservoir des inertes délices,
dont le beau corps nageait dans un rayonnement,
qui méditait le monde, et croisait mollement
comme deux palmiers d' or ses vénérables cuisses.
De son parasol rose en guirlandes flottaient
des perles et des fleurs parmi ses tresses brunes,
et deux cygnes, brillants comme deux pleines lunes,
respectueusement de l' aile l' éventaient.
Sur sa lèvre écarlate, ainsi que des abeilles,
bourdonnaient les védas, ivres de son amour ;
sa gloire ornait son col et flamboyait autour ;

des blocs de diamant pendaient à ses oreilles.
à ses reins verdoyaient des forêts de bambous ;
des lacs étincelaient dans ses paumes fécondes ;
son souffle égal et pur faisait rouler les mondes
qui jaillissaient de lui pour s' y replonger tous.
Un açvatha touffu l' abritait de ses palmes ;
et, dans la bienheureuse et sainte inaction,
il se réjouissait de sa perfection,
immobile, les yeux resplendissants, mais calmes.
Oh ! Qu' il était aimable à voir, l' être parfait,
le dieu jeune, embelli d' inexprimables charmes,
celui qui ne connaît les désirs ni les larmes,
par qui l' insatiable est enfin satisfait !
Comme deux océans, troubles pour les profanes,
mais, pour les coeurs pieux, miroirs de pureté,
abîmes de repos et de sérénité,
que ses yeux étaient doux, qu' ils étaient diaphanes !
à son ombre, le sein parfumé de çantal,
mille vierges, au fond de l' étang circulaire,
semblaient, à travers l' onde inviolée et claire,
des colombes d' argent dans un nid de cristal.
De bleus rayons baignaient leurs paupières mi-closes ;
leurs bras polis tintaient sous des clochettes d' or ;
et leurs cheveux couvraient d' un souple et noir trésor
la neige de leur gorge où rougissaient des roses.
Dans l' onde où le lotus primitif a fleuri,
assises sur le sable aux luisantes coquilles,
telles apparaissaient ces mille belles filles,

frais et jeunes reflets du suprême hâri.
à la droite du dieu, penché sur ses cavales,
l' ardent archer faisait sonner le plein carquois ;
et l' aurore guidait du bout de ses beaux doigts
l' attelage aux grands yeux, aux poils roses et pâles.
à gauche, un géant pourpre et sinistre, portant
des crânes chevelus en ceinture à ses hanches,
l' oeil creux, triste, affamé, grinçant de ses dents
blanches,
broyait et dévorait l' univers palpitant.
Sous les pieds de hâri, la mer, des vents battue,
gonflait sa houle immense et secouait les monts,
remuant à grand bruit ses forêts de limons
sur le dos âpre et dur de l' antique tortue.
Et la terre étalait ses végétations
où tigres et pythons poursuivaient les gazelles,
et ses mille cités où les races mortelles
germaient, mêlant le rire aux lamentations.
Mais Brahma, dès qu' il vit l' être-principe en face,
sentit comme une force irrésistible en lui,
et la concavité de son crâne ébloui
reculer, se distendre, et contenir l' espace.
Les constellations jaillirent de ses yeux ;
son souffle condensa le monceau des nuées ;
il entendit monter les sèves déchaînées
et croître dans son sein l' océan furieux.
Sagesse et passions, vertus, vices des hommes,
désirs, haines, amours, maux et félicité,

tout rugit et chanta dans son coeur agité :
il ne dit plus : je suis ! Mais il pensa : nous
sommes !
Ainsi, devant le roi des monts Kalatçalas,
qui fait s' épanouir les mondes sur sa tige,
Brahma crut, dilaté par l' immense vertige,
que son cerveau divin se brisait en éclats.
Puis, abaissant les yeux, il dit : -maître des
maîtres,
dont la force est interne et sans borne à la fois,
je ne puis concevoir, en sa cause et ses lois,
le cours tumultueux des choses et des êtres.
S' il n' est rien, sinon toi, hâri, suprême dieu !
Si l' univers vivant en toi germe et respire ;
si rien sur ton essence unique n' a d' empire,
l' action, ni l' état, ni le temps, ni le lieu ;
d' où vient qu' aux cieux troublés ta force se déchaîne ?
D' où vient qu' elle bondisse et hurle avec les flots ?
D' où vient que, remplissant la terre de sanglots,
tu souffres, ô mon maître, au sein de l' âme humaine ?
Et moi, moi qui, durant mille siècles, plongé
comme un songe mauvais dans la nuit primitive,
porte un doute cuisant que le désir ravive,
ce mal muet toujours, toujours interrogé ;
qui suis-je ? Réponds-moi, raison des origines !
Suis-je l' âme d' un monde errant par l' infini,
ou quelque antique orgueil, de ses actes puni,
qui ne peut remonter à ses sources divines ?

C' est en vain qu' explorant mon coeur de toutes parts,
j' excite une étincelle en sa cavité sombre...
mais je pressens la fin des épreuves sans nombre,
puisque ta vision éclate à mes regards.
Change en un miel divin mon immense amertume ;
parle, fixe à jamais mes voeux irrésolus,
afin que je m' oublie et que je ne sois plus,
et que la vérité m' absorbe et me consume. -
il se tut, et l' esprit suprême, l' être pur,
fixa sur lui ses yeux d' où naissent les aurores ;
et du rouge contour de ses lèvres sonores
un rire éblouissant s' envola dans l' azur.
Et les vierges du lit nacré de l' eau profonde,
d' un mouvement joyeux troublèrent en nageant
ce bleu rideau marbré d' une écume d' argent,
et parmi les lotus se bercèrent sur l' onde.
L' açvatha, du pivot au sommet, frissonna,
agitant sur hâri ses palmes immortelles ;
les cygnes réjouis battirent des deux ailes,
et le parasol rose au-dessus rayonna.
Sûryâ fit cabrer les sept cavales rousses,
rétives sous le mors, au zénith enflammé ;
et l' aurore arrêta dans le ciel parfumé
les vaches du matin, patientes et douces.
Tel que des lueurs d' or dans la vapeur du soir,
chaque esprit entr' ouvrit ses ailes indécises ;
la montagne oscillante exhala dans les brises
ses aromes sacrés, comme d' un encensoir.

Les Apsaras, rompant les choeurs au vol agile,
s' accoudèrent sur l' herbe où fleurit le saphir ;
le saint fleuve en suspens cessa de retentir
et se cristallisa dans sa chute immobile.
Un vaste étonnement surgit ainsi de tout
quand Brahma se fut tu dans l' espace suprême :
le géant affamé, le destructeur lui-même,
interrompit son oeuvre et se dressa debout.
Et voici qu' une voix grave, paisible, immense,
sans échos, remplissant les sept sphères du ciel,
la voix de l' incréé parlant à l' éternel,
s' éleva sans troubler l' ineffable silence.
Ce n' était point un bruit humain, un son pareil
au retentissement de la foudre ou des vagues ;
mais plutôt ces rumeurs magnifiques et vagues
qui circulent en vous, mystères du sommeil !
Or Brahma, haletant sous la voix innommée
qui pénétrait en lui, mais pour n' en plus sortir,
sentit de volupté son coeur s' anéantir
comme au jour la rosée en subtile fumée.
Et cette voix disait : -si je gonfle les mers,
si j' agite les coeurs et les intelligences,
j' ai mis mon énergie au sein des apparences,
et durant mon repos j' ai songé l' univers.
Dans l' oeuf irrévélé qui contient tout en germe,
sous mon souffle idéal je l' ai longtemps couvé ;
puis, vigoureux, et tel que je l' avais rêvé,
pour éclore, il brisa du front sa coque ferme.

Dès son premier élan, rude et capricieux,
je lui donnai pour lois ses forces naturelles ;
et, vain jouet des combats qui se livraient entre elles,
de sa propre puissance il engendra ses dieux.
Indra roula sa foudre aux flancs des précipices ;
la mer jusques aux cieux multiplia ses bonds ;
l' homme fit ruisseler le sang des étalons
sur la pierre cubique, autel des sacrifices.
Et moi, je m' incarnai dans les héros anciens ;
j' allai, purifiant les races ascétiques ;
et, le coeur transpercé de mes flèches mystiques,
l' homme noir de lanka rugit dans mes liens.
Toute chose depuis fermente, vit, s' achève ;
mais rien n' a de substance et de réalité,
rien n' est vrai que l' unique et morne éternité :
ô Brahma ! Toute chose est le rêve d' un rêve.
La mâyâ dans mon sein bouillonne en fusion,
dans son prisme changeant je vois tout apparaître
car ma seule inertie est la source de l' être :
la matrice du monde est mon illusion.
C' est elle qui s' incarne en ses formes diverses,
esprits et corps, ciel pur, monts et flots orageux,
et qui mêle, toujours impassible en ses jeux,
aux sereines vertus les passions perverses.
Mais par l' inaction, l' austérité, la foi,
tandis que, sans faiblir durant l' épreuve rude,
toute vertu se fond dans ma béatitude,
les noires passions sont distinctes en moi.

Brahma ! Tel est le rêve où ton esprit s' abîme.
N' interroge donc plus l' auguste vérité :
que serais-tu, sinon ma propre vanité
et le doute secret de mon néant sublime ? -
et sur les sommets d' or du divin kaîlaça,
où nage dans l' air pur le vol des blancs génies,
l' inexprimable voix cessant ses harmonies,
la vision terrible et sainte s' effaça.

ODES ANACREONTIQUES 1855

1 les libations.

Sur le myrte frais et l' herbe des bois,
au rythme amoureux du mode ionique,
mollement couché, j' assouplis ma voix.
éros, sur son cou nouant sa tunique,
emplit en riant, échanson joyeux,
ma coupe d' onyx d' un flot de vin vieux.
La vie est d' un jour sous le ciel antique ;
c' est un char qui roule au stade olympique.
Buvons, couronnés d' hyacinthe en fleurs !
à quoi bon verser les liqueurs divines
sur le marbre inerte où sont nos ruines,
ce peu de poussière insensible aux pleurs ?
Assez tôt viendront les heures cruelles,
ô ma bien-aimée, et la grande nuit
où nous conduirons, dans l' Hadès, sans bruit,
la danse des morts sur les asphodèles !

2 la coupe.

Prends ce bloc d' argent, adroit ciseleur.
N' en fais point surtout d' arme belliqueuse,
mais bien une coupe élargie et creuse
où le vin ruisselle et semble meilleur.
Ne grave à l' entour Bouvier ni pléiades,
mais le choeur joyeux des belles mainades,
et l' or des raisins chers à l' oeil ravi,

et la verte vigne, et la cuve ronde
où les vendangeurs foulent à l' envi,
de leurs pieds pourprés, la grappe féconde.
Que j' y voie encore évoé vainqueur,
Aphodite, éros et les Hyménées,
et sous les grands bois les vierges menées
la verveine au front et l' amour au coeur !

3 la tige d' oeillet.
éros m' a frappé d' une tige molle
d' oeillets odorants récemment cueillis :
il fuit à travers les sombres taillis,
à travers les prés il m' entraîne et vole.
Sans une onde vive où me ranimer,
je le suis, je cours dès l' aube vermeille ;
mes yeux sont déjà près de se fermer,
je meurs ; mais le dieu me dit à l' oreille :
oh ! Le faible coeur qui ne peut aimer !

4 le souhait.
Du roi phrygien la fille rebelle
fut en noir rocher changée autrefois ;
la fière prokné devint hirondelle,
et d' un vol léger s' enfuit dans les bois.
Pour moi, que ne suis-je, ô chère maîtresse,
le miroir heureux de te contempler,
le lin qui te voile et qui te caresse,
l' eau que sur ton corps le bain fait couler,

le réseau charmant qui contient et presse
le ferme contour de ton jeune sein,
la perle, ornement de ton col que j' aime,
ton parfum choisi, ta sandale même,
pour être foulé de ton pied divin !

5 la cavale.

ô jeune cavale, au regard farouche,
qui cours dans les prés d' herbe grasse emplis,
l' écume de neige argente ta bouche,
la sueur ruisselle à tes flancs polis.
Vigoureuse enfant des plaines de Thrace,
tu hennis au bord du fleuve mouvant,
tu fuis, tu bondis, la crinière au vent :
les daims auraient peine à suivre ta trace.
Mais bientôt, ployant sur tes jarrets forts,
au hardi dompteur vainement rebelle,
tu te soumettras, humble et non moins belle,
et tes blanches dents rongeront le mors !

6 le portrait.

Toi que Rhode entière a couronné roi
du bel art de peindre, artiste, entends-moi.
Fais ma bien-aimée et sa tresse noire
où la violette a mis son parfum,
et l' arc délié de ce sourcil brun
qui se courbe et fuit sous un front d' ivoire.
Surtout, Rhodien, que son oeil soit bleu

comme l' onde amère et profond comme elle,
qu' il charme à la fois et qu' il étincelle,
plein de volupté, de grâce et de feu !
Fais sa joue en fleur et sa bouche rose,
et que le désir y vole et s' y pose !
Pour mieux soutenir le carquois d' éros,
que le cou soit ferme et l' épaule ronde !
Qu' une pourpre fine, agrafée au dos,
flottante, et parfois entr' ouverte, inonde
son beau corps plus blanc que le pur Paros !
Et sur ses pieds nus aux lignes si belles,
adroit Rhodien, entrelace encor
les noeuds assouplis du cothurne d' or,
comme tu ferais pour les immortelles !

7 l' abeille.

Sur le vert Hymette, éros, un matin,
dérobait du miel à la ruche attique,
mais, voyant le dieu faire son butin,
une prompte abeille accourt et le pique.
L' enfant tout en pleurs, le dieu maladroit,
s' enfuit aussitôt, souffle sur son doigt,
et jusqu' à Kypris vole à tire d' aile,
oubliant son arc, rouge et courroucé :
-ma mère, un petit serpent m' a blessé
méchamment, dit-il, de sa dent cruelle. -
tel se plaint éros, et Kypris en rit :
-tu blesses aussi, mais nul n' en guérit ! -

8 la cigale.

ô cigale, née avec les beaux jours,
sur les verts rameaux dès l' aube posée,
contente de boire un peu de rosée,
et telle qu' un roi, tu chantes toujours !
Innocente à tous, paisible et sans ruses,
le gai laboureur, du chêne abrité,
t' écoute de loin annoncer l' été ;
Apollôn t' honore autant que les muses,
et Zeus t' a donné l' immortalité !
Salut, sage enfant de la terre antique,
dont le chant invite à clore les yeux,
et qui, sous l' ardeur du soleil attique,
n' ayant chair ni sang, vis semblable aux dieux !

9 la rose.

Je dirai la rose aux plis gracieux.
La rose est le souffle embaumé des dieux,
le plus cher souci des muses divines.
Je dirai ta gloire, ô charme des yeux,
ô fleur de Kypris, reine des collines !
Tu t' épanouis entre les beaux doigts
de l' aube écartant les ombres moroses ;
l' air bleu devient rose, et roses les bois ;
la bouche et le sein des nymphes sont roses !
Heureuse la vierge aux bras arrondis
qui dans les halliers humides te cueille !
Heureux le front jeune où tu resplendis !

Heureuse la coupe où nage ta feuille !
Ruisselante encor du flot paternel,
quand de la mer bleue Aphrodite éclose
étincela nue aux clartés du ciel,
la terre jalouse enfanta la rose ;
et l' Olympe entier, d' amour transporté,
salua la fleur avec la beauté !

LE VASE 1855

Reçois, pasteur des boucs et des chèvres frugales,
ce vase enduit de cire, aux deux anses égales.
Avec l' odeur du bois récemment ciselé,
le long du bord serpente un lierre entremêlé
d' hélichryse aux fruits d' or. Une main ferme et fine
a sculpté ce beau corps de femme, oeuvre divine,
qui, du péplos ornée et le front ceint de fleurs,
se rit du vain amour des amants querelleurs.
Sur ce roc, où le pied parmi les algues glisse,
traînant un long filet vers la mer glauque et lisse,
un pêcheur vient en hâte ; et, bien que vieux et lent,
ses muscles sont gonflés d' un effort violent.
Une vigne, non loin, lourde de grappes mûres,
ploie ; un jeune garçon, assis sous les ramures,
la garde ; deux renards arrivent de côté
et mangent le raisin par le pampre abrité,
tandis que l' enfant tresse, avec deux pailles frêles
et des brins de jonc vert, un piège à sauterelles.
Enfin, autour du vase et du socle dorien
se déploie en tous sens l' acanthe korinthien.
J' ai reçu ce chef-d' oeuvre, au prix, et non sans peine,
d' un grand fromage frais et d' une chèvre pleine.
Il est à toi, berger, dont les chants sont plus doux
qu' une figue d' Aigile, et rendent Pan jaloux.

LES PLAINTES DU CYCLOPE

Certes, il n' aimait pas à la façon des hommes,
avec des tresses d' or, des roses ou des pommes,
depuis que t' ayant vue, ô fille de la mer,
le désir le mordit au coeur d' un trait amer.
Il t' aimait, Galatée, avec des fureurs vraies ;
laissant le lait s' aigrir et sécher dans les claies,
oubliant les brebis laineuses aux prés verts,
et se souciant peu de l' immense univers.
Sans trêve ni repos, sur les algues des rives,
il consumait sa vie en des plaintes naïves,
interrogeait des flots les volutes d' azur,
et suppliait la nymphe au coeur frivole et dur,
tandis que sur sa tête, à tout vent exposée,
le jour versait sa flamme et la nuit sa rosée,
et qu' énorme, couché sur un roc écarté,
il disait de son mal la cuisante âcreté :
-plus vive que la chèvre ou la fière génisse,
plus blanche que le lait qui caille dans l' éclisse,
ô Galatée, ô toi dont la joue et le sein
sont fermes et luisants comme le vert raisin !
Si je viens à dormir aux cimes de ces roches,
à la pointe du pied, furtive, tu m' approches ;
mais, sitôt que mon oeil s' entr' ouvre, en quelques
bonds,
tu m' échappes, cruelle, et fuis aux flots profonds !
Hélas ! Je sais pourquoi tu ris de ma prière :

je n' ai qu' un seul sourcil sur ma large paupière,
je suis noir et velu comme un ours des forêts,
et plus haut que les pins ! Mais, tel que je parais,
j' ai des brebis par mille, et je les trais moi-même :
en automne, en été, je bois leur belle crème ;
et leur laine moelleuse, en flocons chauds et doux,
me revêt tout l' hiver, de l' épaule aux genoux !
Je sais jouer encore, ô pomme bien aimée,
de la claire syrinx, par mon souffle animée :
nul cyclope, habitant l' île aux riches moissons,
n' a tenté jusqu' ici d' en égaler les sons.
Veux-tu m' entendre, ô nymphe, en ma grotte prochaine ?
Viens, laisse-toi charmer, et renonce à ta haine :
viens ! Je nourris pour toi, depuis bientôt neuf jours,
onze chevreaux tout blancs et quatre petits ours !
J' ai des lauriers en fleur avec des cyprès grêles,
une vigne, une eau vive et des figues nouvelles ;
tout cela t' appartient, si tu ne me fuis plus !
Et si j' ai le visage et les bras trop velus,
eh bien ! Je plongerai tout mon corps dans la flamme,
je brûlerai mon oeil qui m' est cher, et mon âme !
Si je savais nager, du moins ! Au sein des flots
j' irais t' offrir des lys et de rouges pavots.
Mais, vains souhaits ! J' en veux à ma mère : c' est elle
qui, me voyant en proie à cette amour mortelle
d' un récit éloquent n' a pas su te toucher.
Vos coeurs à toutes deux sont durs comme un rocher !
Cyclope, que fais-tu ? Tresse en paix tes corbeilles,

recueille en leur saison le miel de tes abeilles,
coupe pour tes brebis les feuillages nouveaux,
et le temps, qui peut tout, emportera tes maux ! -
c' est ainsi que chantait l' antique Polyphème ;
et son amour s' enfuit avec sa chanson même,
car les muses, par qui se tarissent les pleurs,
sont le remède unique à toutes nos douleurs.

L'ENFANCE D'HERAKLES 1856

Oriôn, tout couvert de la neige du pôle,
auprès du chien sanglant montrait sa rude épaule ;
l' ombre silencieuse au loin se déroulait.
Alkmène ayant lavé ses fils, gorgés de lait,
en un creux bouclier à la bordure haute,
héroïque berceau, les coucha côte à côte,
et, souriant leur dit : -dormez, mes bien-aimés.
Beaux et pleins de santé, mes chers petits, dormez.
Que la nuit bienveillante et les heures divines
charment d' un rêve d' or vos âmes enfantines ! -
elle dit, caressa d' une légère main
l' un et l' autre enlacés dans leur couche d' airain,
et la fit osciller, baisant leurs frais visages,
et conjurant pour eux les sinistres présages.
Alors, le doux sommeil, en effleurant leurs yeux,
les berça d' un repos innocent et joyeux.
Ceinte d' astres, la nuit, au milieu de sa course,
vers l' occident plus noir poussait le char de l' ourse.

Tout se taisait, les monts, les villes et les bois,
les cris du misérable et le souci des rois.
Les dieux dormaient, rêvant l' odeur des sacrifices ;
mais, veillant seule, Hèra, féconde en artifices,
suscita deux dragons écaillés, deux serpents
horribles, aux replis azurés et rampants,
qui devaient étouffer, messagers de sa haine,
dans son berceau guerrier l' enfant de la thébaine.
Ils franchissent le seuil et son double pilier,
et dardent leur oeil glauque au fond du bouclier.
Iphiklès, en sursaut, à l' aspect des deux bêtes,
de la langue qui siffle et des dents toutes prêtes,
tremble, et son jeune coeur se glace, et, pâlissant,
dans sa terreur soudaine il jette un cri perçant,
se débat, et veut fuir le danger qui le presse ;
mais Hèraklès, debout, dans ses langes se dresse,
s' attache aux deux serpents, rive à leurs cous
visqueux
ses doigts divins, et fait, en jouant avec eux,
leurs globes élargis sous l' étreinte subite
jaillir comme une braise au delà de l' orbite.
Ils fouettent en vain l' air, musculeux et gonflés,
l' enfant sacré les tient, les secoue étranglés,
et rit en les voyant, pleins de rage et de bave,
se tordre tout autour du bouclier concave.
Puis, il les jette morts le long des marbres blancs,
et croise pour dormir ses petits bras sanglants.
Dors, justicier futur, dompteur des anciens crimes,

dans l' attente et l' orgueil de tes faits magnanimes ;
toi que les pins d' Oita verront, bûcher sacré,
la chair vive, et l' esprit par l' angoisse épuré,
laisser, pour être un dieu, sur la cime enflammée,
ta cendre et ta massue et la peau de Némée !

LA MORT DE PENTHEE 1857

Agavé, dont la joue est rose, Antonoé
avec la belle Inô, ceintes de verts acanthes,
menaient trois choeurs dansants d' ascétiques bacchantes
sur l' âpre kythairôn aux mystères voué.
Elles allaient, cueillant les bourgeons des vieux
chênes,
l' asphodèle, et le lierre aux ceps noirs enroulé,
et bâtissaient, unis par ces légères chaînes,
neuf autels pour bakkhos et trois pour Sémélé.
Puis, elles y plaçaient, selon l' ordre et le rite,
le grain générateur et le mystique Van,
du dieu qu' elles aimaient la coupe favorite,
la peau du léopard et le thyrse d' évan.
Dans un lentisque épais, par l' étroit orifice
du feuillage, Penthée observait tout cela.
Antonoé le vit la première, et hurla,
bouleversant du pied l' apprêt du sacrifice.
Le profane aussitôt s' enfuit épouvanté ;
mais les femmes, nouant leurs longues draperies,
bondissaient après lui, pareilles aux furies,

la chevelure éparse et l' oeil ensanglanté.
-d' où vient que la fureur en vos regards éclate,
ô femmes ? Criait-il ; pourquoi me suivre ainsi ? -
et de l' ongle et des dents toutes trois l' ont saisi :
l' une arrache du coup l' épaule et l' omoplate ;
agavé frappe au coeur le fils qui lui fut cher ;
Inô coupe la tête ; et, vers le soir, dans Thèbe,
ayant chassé cette âme au plus noir de l' érèbe,
elles rentraient, traînant quelques lambeaux de chair.
Malheur à l' insensé que le désir consume
de toucher à l' autel de la main ou des yeux !
Qu' il soit comme un bouc vil sous le couteau qui fume,
étant né pour ramper, non pour chanter les dieux !

HERAKLES AU TAUREAU 1857

Le soleil déclinait vers l' écume des flots,
et les grasses brebis revenaient aux enclos ;
et les vaches suivaient, semblables aux nuées
qui roulent sans relâche, à la file entraînées,
lorsque le vent d' automne, au travers du ciel noir,
les chasse à grands coups d' aile, et qu' elles vont
pleuvoir.
Derrière les brebis, toutes lourdes de laine,
telles s' amoncelaient les vaches dans la plaine.
La campagne n' était qu' un seul mugissement,
et les grands chiens d' élis aboyaient bruyamment.
Puis succédaient trois cents taureaux aux larges

cuisses,
puis deux cents au poil rouge, inquiets des génisses,
puis douze, les plus beaux et parfaitement blancs,
qui de leurs fouets velus rafraîchissaient leurs
flancs,
hauts de taille, vêtus de force et de courage,
et paissant d' habitude au meilleur pâturage.
Plus noble encor, plus fier, plus brave, plus grand
qu' eux,
en avant, isolé comme un chef belliqueux,
Phaétôn les guidait, lui, l' orgueil de l' étable,
que les anciens bouviers disaient à Zeus semblable,
quand le dieu triomphant, ceint d' écume et de fleurs,
nageait dans la mer glauque avec Europe en pleurs.
Or, dardant ses yeux prompts sur la peau léonine
dont Hèraklès couvrait son épaule divine,
irritable, il voulut heurter d' un brusque choc
contre cet étranger son front dur comme un roc.
Mais, ferme sur ses pieds, tel qu' une antique borne,
le héros d' une main le saisit par la corne,
et, sans rompre d' un pas, il lui ploya le col,
meurtrissant ses naseaux furieux dans le sol.
Et les bergers en foule, autour du fils d' Alkmène,
stupéfaits, admiraient sa vigueur surhumaine,
tandis que, blancs dompteurs de ce soudain péril,
de grands muscles roidis gonflaient son bras viril.

THESTYLIS 1862

Aux pentes du coteau, sous les roches moussues,
l' eau vive en murmurant filtre par mille issues,
croît, déborde, et remue en son cours diligent
la mélisse odorante et les cailloux d' argent.
Le soir monte : on entend s' épandre dans les plaines
de flottantes rumeurs et de vagues haleines,
le doux mugissement des grands boeufs fatigués
qui s' arrêtent pour boire en traversant les gués,
et sous les rougeurs d' or du soleil qui décline
le bruit grêle des pins au front de la colline.
Dans les sentiers pierreux qui mènent à la mer,
rassassié de thym et de cytise amer,
l' indocile troupeau des chèvres aux poils lisses
de son lait parfumé va remplir les éclisses ;
le tintement aigu des agrestes grelots
s' unit par intervalle à la plainte des flots,
tandis que, prolongeant d' harmonieuses luttes,
les jeunes chevriers soufflent aux doubles flûtes.
Tout s' apaise : l' oiseau rentre dans son nid frais ;
au sortir des joncs verts, les nymphes des marais,
le sein humide encor, ceintes d' herbes fleuries,
les bras entrelacés, dansent dans les prairies.
C' est l' heure où Thestylis, la vierge de l' Aitna,
aux yeux étincelants comme ceux d' Athana,
en un noir diadème a renoué sa tresse,
et sr son genou ferme et nu de chasseresse,

à la hâte, agrafant la robe aux souples plis,
par les âpres chemins de sa grâce embellis,
rapide et blanche, avec son amphore d' argile,
vers cette source claire accourt d' un pied agile,
et s' assied sur le roc tapissé de gazon,
d' où le regard s' envole à l' immense horizon.
Ni la riche Milet qu' habitent les iônes,
ni Syracuse où croît l' hélichryse aux fruits jaunes,
ni Korinthe où le marbre a la blancheur du lys,
n' ont vu fleurir au jour d' égale à Thestylis.
Grande comme Artémis et comme elle farouche,
nul baiser n' a jamais brûlé sa belle bouche ;
jamais, dans le vallon, autour de l' oranger,
elle n' a, les pieds nus, conduit un choeur léger,
ou, le front couronné de myrtes et de rose,
au furtif hyménée ouvert sa porte close ;
mais quand la nuit divine allume l' astre aux cieux,
il lui plaît de hanter le mont silencieux,
et de mêler au bruit de l' onde qui murmure
d' un coeur blessé la plainte harmonieuse et pure :
-jeune immortel, que j' aime et que j' attends toujours,
chère image entrevue à l' aube de mes jours !
Si, d' un désir sublime en secret consumée,
j' ai dédaigné les pleurs de ceux qui m' ont aimée,
et si je n' ai versé, dans l' attente du ciel,
les parfums de mon coeur qu' au pied de ton autel ;
soit que ton arc résonne au sein des halliers sombres ;
soit que, réglant aux cieux le rythme d' or des nombres,

d' un mouvement égal ton archet inspiré
des muses aux neuf voix guide le choeur sacré ;
soit qu' à l' heure riante où, sous la glauque aurore,
l' aile du vent joyeux trouble la mer sonore,
des baisers de l' écume argentant tes cheveux,
tu fendes le flot clair avec tes bras nerveux ;
oh ! Quel que soit ton nom, dieu charmant de mes rêves,
entends-moi ! Viens ! Je t' aime, et les heures sont
brèves !
Viens ! Sauve par l' amour et l' immortalité,
ravis au temps jaloux la fleur de ma beauté ;
ou, si tu dois un jour m' oublier sur la terre,
que ma cendre repose en ce lieu solitaire,
et qu' une main amie y grave pour adieu :
-ici dort Thestylis, celle qu' aimait un dieu ! -
elle se tait, écoute, et dans l' ombre nocturne,
accoudant son beau bras sur la rondeur de l' urne.
Le sein ému, le front à demi soulevé,
inquiète, elle attend celui qu' elle a rêvé.
Et le vent monotone endort les noirs feuillages ;
la mer en gémissant berce les coquillages ;
la montagne muette, au loin, de toutes parts,
des coteaux aux vallons, brille de feux épars ;
et la source elle-même, au travers de la mousse,
s' agite et fuit avec une chanson plus douce.
Mais le jeune immortel, le céleste inconnu,
l' amant mystérieux et cher n' est pas venu !
Il faut partir, hélas ! Et regagner la plaine.

Thestylis sur son front pose l' amphore pleine,
s' éloigne, hésite encore, et sent couler ses pleurs ;
de la joue et du col s' effacent les couleurs ;
son corps charmant, éros, frissonne de tes fièvres !
Mais bientôt, l' oeil brillant, un fier sourire aux
lèvres,
elle songe tout bas, reprenant son chemin :
-je l' aime et je suis belle ! Il m' entendra demain ! -

MEDAILLES ANTIQUES 1859

1

celui-ci vivra, vainqueur de l' oubli,
par les dieux heureux ! Sa main sûre et fine
a fait onduler sur l' onyx poli
l' écume marine.
Avec le soleil, douce, aux yeux surpris,
telle qu' une jeune et joyeuse reine,
on voit émerger mollement Kypris
de la mer sereine.
La déesse est nue et pousse en nageant
de ses roses seins l' onde devant elle ;
et l' onde a brodé de franges d' argent
sa gorge immortelle.
Ses cheveux dorés aux flots embellis
roulent sans guirlande et sans bandelettes ;
tout son corps charmant brille comme un lys
dans les violettes.
Elle joue et rit ; et les gais dauphins,
agitant autour nageoires et queues,
pour mieux réjouir ses regards divins
troublent les eaux bleues.

2

les belles filles aux pressoirs
portent sur leur tête qui ploie,
à pleins paniers, les raisins noirs ;
les jeunes hommes sont en joie.

Ils font jaillir avec vigueur
le vin nouveau des grappes mûres ;
et les rires et les murmures
et les chansons montent en choeur.
Ivres de subtiles fumées,
les vendangeurs aux cheveux blancs
dansent avec des pieds tremblants
autour des cuves parfumées ;
et non loin, cherchant un lit frais,
éros, qui fait nos destinées,
à l' ombre des arbres épais
devance les lents Hyménées.

3

ni sanglants autels, ni rites barbares.
Les cheveux noués d' un lien de fleurs,
une ionienne aux belles couleurs
danse sur la mousse, au son des kithares.
Ni sanglants autels, ni rites barbares :
des hymnes joyeux, des rires, des fleurs !
Satyres ni pans ne troublent les danses.
Un jeune homme ceint d' un myrte embaumé
conduit de la voix le choeur animé ;
éros et Kypris règlent les cadences.
Satyres ni pans ne troublent les danses :
des pieds délicats, un sol embaumé !
Ni foudres ni vents dont l' âme s' effraie.
Dans le bleu du ciel volent les chansons ;

et de beaux enfants servent d' échansons
aux vieillards assis sous la verte haie.
Ni foudres ni vents dont l' âme s' effraie :
un ciel diaphane et plein de chansons !

4

sur la montagne aux sombres gorges
où nul vivant ne pénétra,
dans les antres de Lipara
Hèphaistos allume ses forges.
Il lève, l' illustre ouvrier,
ses bras dans la rouge fumée,
et bat sur l' enclume enflammée
le fer souple et le dur acier.
Les tridents, les dards, les épées
sortent en foule de sa main ;
il forge des lances d' airain,
des flèches aux pointes trempées.
Et Kypris, assise à l' écart,
rit de ces armes meurtrières,
moins puissantes que ses prières,
moins terribles que son regard.

5

le divin Bouvier des monts de Phrygie
goûte, les yeux clos, l' éternel sommeil ;
et de son beau corps, dans l' herbe rougie,
coule un sang vermeil.

En boucles de lin, sur la pâle joue
qu' enviaient les fruits honneur des vergers,
tombent, du réseau pourpré qui les noue,
ses cheveux légers.
Voici Kythèrè, l' amante immortelle,
qui gémit et pleure auprès du Bouvier.
Les éros chasseurs tiennent devant elle
le noir sanglier ;
lui, pour expier d' amères offenses,
d' un autel qui fume attisant le feu,
consume et punit ses blanches défenses
d' avoir fait un dieu.

PERISTERIS 1862

Kastalides ! Chantez l' enfant aux brunes tresses,
dont la peau lisse et ferme a la couleur du miel,
car vous embellissez la louange, ô déesses !
Autour de l' onde où croît le laurier immortel
chantez Péristèris née au rocher d' égine :
moins chère est à mes yeux la lumière du ciel !
Dites son rire frais, plus doux que l' aubergine,
le rayon d' or qui nage en ses yeux violets
et qui m' a traversé d' une flèche divine.
Sur le sable marin où sèchent ses filets
elle bondit pareille aux glauques néréides,
et ses pieds sont luisants comme des osselets.
Chantez Péristèris, ô nymphes kastalides,
quand les fucus amers à ses cheveux mêlés
effleurent son beau cou de leurs grappes humides.
Il faut aimer. Le thon aime les flots salés,
l' air plaît à l' hirondelle, et le cytise aux chèvres,
et l' abeille camuse aime la fleur des blés.
Pour moi, rien n' est meilleur qu' un baiser de ses
lèvres.

PAYSAGE 1864

à travers les massifs des pâles oliviers
l' archer resplendissant darde ses belles flèches
qui, par endroits, plongeant au fond des sources
fraîches,
brisent leurs pointes d' or contre les durs graviers.
Dans l' air silencieux ni souffles ni bruits d' ailes,
si ce n' est, enivré d' arome et de chaleur,
autour de l' églantier et du cytise en fleur,
le murmure léger des abeilles fidèles.
Laissant pendre sa flûte au bout de son bras nu,
l' aigipan, renversé sur le rameau qui ploie,
rêve, les yeux mi-clos, avec un air de joie,
qu' il surprend l' oréade en son antre inconnu.
Sous le feuillage lourd dont l' ombre le protège,
tandis qu' il sourit d' aise et qu' il se croit heureux,
un large papillon sur ses rudes cheveux
se pose en palpitant comme un flocon de neige.
Quelques nobles béliers aux luisantes toisons,
grandis sur les coteaux fertiles d' Agrigente,
auprès du roc moussu que l' onde vive argente,
dorment dans la moiteur tiède des noirs gazons.
Des chèvres, çà et là, le long des verts arbustes,
se dressent pour atteindre au bourgeon nourricier,
et deux boucs au poil ras, dans un élan guerrier,
en se heurtant du front courbent leurs cols robustes.
Par delà les blés mûrs alourdis de sommeil

et les sentiers poudreux où croît le térébinthe,
semblable au clair métal de la riche Korinthe,
au loin, la mer tranquille étincelle au soleil.
Mais sur le thym sauvage et l' épaisse mélisse
le pasteur accoudé repose, jeune et beau ;
le reflet lumineux qui rejaillit de l' eau
jette un fauve rayon sur son épaule lisse ;
de la rumeur humaine et du monde oublieux,
il regarde la mer, les bois et les collines,
laissant couler sa vie et les heures divines
et savourant en paix la lumière des cieux.

LES BUCOLIASTES 1852

1

sources claires ! Et toi, venu des dieux, ô fleuve
qui, du tymbris moussu, verses tes belles eaux !
Je ferai soupirer, couché dans vos roseaux,
ma syrinx à neuf tons enduits de cire neuve :
apaisez la cigale et les jeunes oiseaux.

2

vents joyeux qui riez à travers les feuillages,
abeilles qui rôdez sur la fleur des buissons,
de ma syrinx aussi vous entendrez les sons ;
mais, de même qu' éros, les muses sont volages :
hâtez-vous ! D' un coup d' aile emportez mes chansons.

1

tout est beau, tout est bien, si Theugénis que j' aime
foule de son pied nu l' herbe molle des bois !
Vers midi, l' eau courante est plus fraîche où je bois,
et mes vases sont pleins d' une meilleure crème.
Absente, tout est mal, tout languit à la fois !

2

dieux heureux ! Que le lait abonde en mes éclisses !
Et quand le chaud soleil dans l' herbe a rayonné,
du creux de ce rocher d' un lierre couronné,
que j' entende mugir mes boeufs et mes génisses :

tout est beau, tout est bien, il est doux d' être né !

1

si l' hiver est un mal pour l' arbre qu' il émonde,
pour les cours d' eau taris la flamme de l' été,
il souffre aussi, celui qu' une vierge a dompté,
du mal que fait éros, le plus amer du monde,
et d' une soif rebelle à tes flots, ô Léthé !

2

souvent, au seuil de l' antre où la rouge verveine
croît auprès d' un lentisque et d' un vieil olivier,
la fille au noir sourcil parut me convier.
Par la rude Artémis ! Son attente était vaine ;
car les boeufs sont la joie et l' honneur du bouvier.

1

quand, aux feux du matin, s' envole l' alouette
du milieu des sillons de rosée emperlés,
je ne l' écoute plus ; mes esprits sont troublés ;
mais pour te ranimer, ô nature muette,
il suffit d' une voix qui chante dans les blés !

2

rire de femme et chant d' alouette à l' aurore,
gazouillements des nids sur les rameaux dorés,
sont bruits doux à l' oreille et souvent désirés ;
mais rien ne vaut la voix amoureuse et sonore

d' un taureau de trois ans qui beugle par les prés.

1

bélier, pais l' herbe en fleur ; et toi, chèvre
indocile,
broute l' amer cytise aux pentes du coteau ;
Lampuros, mon bon chien, veille sur le troupeau.
Pour moi, tel que Daphnis, le bouvier de Sicile,
je meurs ! Et Theugénis a creusé mon tombeau.

2

ô pasteur des béliers, gardien des noires chèvres,
jamais chanson pareille ici ne résonna !
Et la plainte est plus gaie, oui ! Par Perséphona !
Que la glauque Amphitrite exhale de ses lèvres
et que le vent d' épire apporte au vieil Aitna !

1

ami, prends ma syrinx, si légère et si douce,
dont la cire a gardé l' odeur du miel récent :
brûle-la comme moi qui meurs en gémissant ;
et sur un humble autel d' asphodèle et de mousse
du plus noir de mes boucs fais ruisseler le sang.

2

c' est bien. Le soleil monte et l' ombre nous convie ;
on n' entend plus frémir la cime des forêts :
viens savourer encor ce vase de lait frais ;
et si le morne Hadès fait toujours ton envie,

ô pâle chevrier, tu mourras mieux après !

KLEARISTA 1862

Kléarista s' en vient par les blés onduleux
avec ses noirs sourcils arqués sur ses yeux bleus,
son front étroit coupé de fines bandelettes,
et, sur son cou flexible et blanc comme le lait,
ses tresses où, parmi les roses de Milet,
on voit fleurir les violettes.
L' aube divine baigne au loin l' horizon clair ;
l' alouette sonore et joyeuse, dans l' air,
d' un coup d' aile s' envole au sifflement des merles ;
les lièvres, dans le creux des verts sillons tapis,
d' un bond inattendu remuant les épis,
font pleuvoir la rosée en perles.
Sous le ciel jeune et frais, qui rayonne le mieux,
de la sicilienne au doux rire, aux longs yeux,
ou de l' aube qui sort de l' écume marine ?
Qui le dira ? Qui sait, ô lumière, ô beauté,
si vous ne tombez pas du même astre enchanté
par qui tout aime et s' illumine ?
Du faîte où ses béliers touffus sont assemblés,
le berger de l' Hybla voit venir par les blés
dans le rose brouillard la forme de son rêve.
Il dit : -c' était la nuit, et voici le matin ! -
et plus brillant que l' aube à l' horizon lointain
dans son coeur le soleil se lève !

SYMPHONIE 1862

ô chevrier ! Ce bis est cher aux piérides.
Point de houx épineux ni de ronces arides ;
à travers l' hyacinthe et le souchet épais
une source sacrée y germe et coule en paix.
Midi brûle là-bas où, sur les herbes grêles,
on voit au grand soleil bondir les sauterelles ;
mais, du hêtre au platane et du myrte au rosier,
ici, le merle vole et siffle à plein gosier.
Au nom des muses ! Viens sous l' ombre fraîche et
noire !
Voici ta double flûte et mon pektis d' ivoire.
Daphnis fera sonner sa voix claire, et tous trois,
près du roc dont la mousse a verdi les parois,
d' où Naïs nous écoute, un doigt blanc sur la lèvre,
empêchons de dormir Pan aux deux pieds de chèvre.

LE RETOUR D'ADONIS 1862

Maîtresse de la haute éryx, toi qui te joues
dans Golgos, sous les myrtes verts,
ô blanche Aphrodita, charme de l' univers,
Dionaiade aux belles joues !
Après douze longs mois Adônis t' est rendu,
et, dans leurs bras charmants, les heures,
l' ayant ramené jeune en tes riches demeures,
sur un lit d' or l' ont étendu.

à l' abri du feuillage et des fleurs et des herbes,
d' huile syrienne embaumé,
il repose, le dieu brillant, le bien-aimé,
le jeune homme aux lèvres imberbes.
Autour de lui, sur des trépieds étincelants,
vainqueurs des nocturnes puissances,
brûlent des feux mêlés à de vives essences,
qui colorent ses membres blancs ;
et sous l' anis flexible et le safran sauvage,
des éros, au vol diligent,
dont le corps est d' ébène et la plume d' argent,
rafraîchissent son clair visage.
Sois heureuse, ô Kypris, puisqu' il est revenu,
celui qui dore les nuées !
Et vous, vierges, chantez, ceintures dénouées,
cheveux épars et le sein nu.
Près de la mer stérile, et dès l' aube première,
joyeuses et dansant en rond,
chantez l' enfant divin qui sort de l' akhérôn,
vêtu de gloire et de lumière !

HERAKLES SOLAIRE 1862

Dompteur à peine né, qui tuais dans tes langes
les dragons de la nuit ! Coeur-de-lion ! Guerrier,
qui perças l' Hydre antique au souffle meurtrier
dans la livide horreur des brumes et des fanges,
et qui, sous ton oeil clair, vis jadis tournoyer

les centaures cabrés au bord des précipices !
Le plus beau, le meilleur, l' aîné des dieux propices !
Roi purificateur, qui faisais en marchant
jaillir sur les sommets le feu des sacrifices,
comme autant de flambeaux, d' orient au couchant !
Ton carquois d' or est vide, et l' ombre te réclame.
Salut, gloire-de-l' air ! Tu déchires en vain,
de tes poings convulsifs d' où ruisselle la flamme,
les nuages sanglants de ton bûcher divin,
et dans un tourbillon de pourpre tu rends l' âme !

FULTUS HYACINTHO 1855

C' est le roi de la plaine et des gras pâturages.
Plein d' une force lente, à travers les herbages
il guide en mugissant ses compagnons pourprés
et s' enivre à loisir de la verdeur des prés.
Tel que Zeus, sur les mers portant la vierge Europe,
une blancheur sans tache en entier l' enveloppe.
Sa corne est fine, aux bouts recourbés et polis,
ses fanons florissants abondent à grands plis,
une écume d' argent tombe à flots de sa bouche,
et de longs poils épars couvrent son oeil farouche.
Il paît jusques à l' heure où, du zénith brûlant,
midi plane, immobile, et lui chauffe le flanc.
Alors des saules verts l' ombre discrète et douce
lui fait un large lit d' hyacinthe et de mousse,
et couché comme un dieu près du fleuve endormi,

pacifique, il rumine et clôt l' oeil à demi.

PHIDYLE 1855

L' herbe est molle au sommeil sous les frais peupliers,
aux pentes des sources moussues
qui, dans les prés en fleur germant par mille issues,
se perdent sous les noirs halliers.
Repose, ô Phidylé ! Midi sur les feuillages
rayonne, et t' invite au sommeil.
Par le trèfle et le thym, seules, en plein soleil,
chantent les abeilles volages.
Un chaud parfum circule aux détours des sentiers ;
la rouge fleur des blés s' incline ;
et les oiseaux, rasant de l' aile la colline,
cherchent l' ombre des églantiers.
Les taillis sont muets ; le daim, par les clairières,
devant les meutes aux abois
ne bondit plus ; Diane, assise au fond des bois,
polit ses flèches meurtrières.
Dors en paix, belle enfant aux rires ingénus,
aux nymphes agrestes pareille !
De ta bouche au miel pur j' écarterai l' abeille,
je garantirai tes pieds nus.
Laisse sur ton épaule et ses formes divines,
comme un or fluide et léger,
sous mon souffle amoureux courir et voltiger
l' épaisseur de tes tresses fines !

Sans troubler ton repos, sur ton front transparent,
libre des souples bandelettes,
j' unirai l' hyacinthe aux pâles violettes,
et la rose au myrte odorant.
Belle comme érycine aux jardins de Sicile,
et plus chère à mon coeur jaloux,
repose ! Et j' emplirai du souffle le plus doux
la flûte à mes lèvres docile.
Je charmerai les bois, ô blanche Phidylé,
de ta louange familière ;
et les nymphes, au seuil de leurs grottes de lierre,
en pâliront, le coeur troublé.
Mais quand l' astre, incliné sur sa courbe éclatante,
verra ses ardeurs s' apaiser,
que ton plus beau sourire et ton meilleur baiser
me récompensent de l' attente !

LES OISEAUX DE PROIE 1855

Je m' étais assis sur la cime antique
et la vierge neige, en face des dieux ;
je voyais monter dans l' air pacifique
la procession des morts glorieux.
La terre exhalait le divin cantique
que n' écoute plus le siècle oublieux,
et la chaîne d' or du Zeus homérique
d' anneaux en anneaux l' unissait aux cieux.
Mais, ô passions, noirs oiseaux de proie,

vous avez troublé mon rêve et ma joie :
je tombe du ciel, et n' en puis mourir !
Vos ongles sanglants ont dans mes chairs vives
enfoncé l' angoisse avec le désir,
et vous m' avez dit : -il faut que tu vives ! -

HYPATIE ET CYRILLE 1858

Scène I

Hypatie, la nourrice.

La nourrice.

ô mon enfant, un trouble immense est dans la ville.
De toute part, roulant comme une écume vile,
sous leur barbe hideuse et leur robe en lambeaux,
les hommes du désert sortent de leurs tombeaux.
Hachés de coups de fouet, saignants fangeux, farouches,
pleins de haine, ton nom, ma fille, est dans leurs
bouches.
Reste ! Ne quitte pas la tranquille maison
où mes bras t' ont bercée en ta jeune saison,
où mon lait bienheureux t' a sauvée et nourrie,
où j' ai vu croître au jour ton enfance fleurie,
où ton père, ô chère âme, éloquent et pieux,
dans un dernier baiser t' a confiée aux dieux !

Hypatie.

Nourrice, calme-toi. Cette terreur est vaine :
je n' ai point mérité la colère et la haine.
Quel mal ai-je donc fait ? Ma vie est sans remord.
Les moines du désert, dis-tu, veulent ma mort ?
Je ne les connais point, ils m' ignorent de même,
et de fausses rumeurs troublent ton coeur qui m' aime.

La nourrice.

Non ! J' ai trop entendu leurs cris barbares ! Non,
je ne m' abuse point. Tous maudissent ton nom.
Leur âme est furieuse, et leur face enflammée.

Ils te déchireront, ma fille bien aimée,
ces monstres en haillons, pareils aux animaux
impurs, qui vont toujours prophétisant les maux,
qui, rongés de désirs et consumés d' envie,
blasphèment la beauté, la lumière et la vie !
Demeure, saine et sauve, à l' ombre du foyer.
Hypatie.
J' ai dans ma conscience un plus sûr bouclier.
Le peuple bienveillant m' attend sous le portique
où ma voix le rappelle à la sagesse antique.
J' irai, chère nourrice ; et, bien avant le soir,
tu reverras ta fille ayant fait son devoir.
La nourrice.
Je te supplie, enfant, par ta vie et la mienne !

Scène II

Hypatie, la nourrice, l' acolyte.
L' acolyte.
Femme, Cyrille, évêque, est sur ton seuil.
Hypatie.
Qu' il vienne !

Scène III

les mêmes, Cyrille.
Cyrille.
J' ai voulu te parler, t' entendre sans témoins ;
tes propres intérêts ne demandaient pas moins.
On vante tes vertus ; s' il en est dans les âmes

que Dieu n' éclaire point encore de ses flammes !
J' y veux croire, et je viens, non comme un ennemi,
dans un esprit de haine, à te nuire affermi,
mais en père affligé qui conseille sa fille
et la veut ramener au foyer de famille.
C' est un devoir, non moins qu' un droit ; et j' ai compté
que tu me répondrais avec sincérité.
Par un siècle d' orage et par des temps funestes
où le ciel ne rend plus ses signes manifestes,
j' ai vécu, j' ai blanchi sous mon fardeau sacré ;
heureux si, près d' atteindre au terme désiré,
je versais dans ton sein la lumière et la vie !
Ma fille, éveille-toi, le seigneur te convie.
Tes dieux sont morts, leur culte impur est rejeté :
confesse enfin l' unique et sainte vérité.
Hypatie.
Mon père a bien jugé du respect qui m' anime,
et je révère en lui sa fonction sublime ;
mais c' est me témoigner un intérêt trop grand,
et ce discours me touche autant qu' il me surprend.
Par le seul souvenir des divines idées
vers l' unique idéal les âmes sont guidées :
je n' ai point oublié Timée et le Phédon ;
Jean n' a-t-il point parlé comme autrefois Platon ?
Les mots diffèrent peu, le sens est bien le même.
Nous confessons tous deux l' espérance suprême,
et le dieu de Cyrille, en mon coeur respecté,
comme l' abeille attique, a dit la vérité.

Cyrille.
Confondre de tels noms est blasphème ou démence :
mais tant d' aveuglement est digne de clémence.
Non ! Le dieu que j' adore et qui d' un sang divin
de l' antique péché lava le genre humain,
femme, n' a point parlé comme, aux siècles profanes,
les sophistes païens couchés sous les platanes ;
et si quelque clarté dans leur nuit sombre a lui,
l' immuable lumière éclate seule en lui !
Il est venu ; des voix l' annonçaient d' âge en âge ;
la sagesse et l' amour ont marqué son passage ;
il a vaincu la mort, et, pour de nouveaux cieux,
purifié le coeur d' un monde déjà vieux,
d' un souffle balayé des siècles de souillures,
chassé de leurs autels les puissances impures,
et rendu sans retour par son oblation
la force avec la vie à toute nation !
Parle ! De l' oeuvre humaine est-ce le caractère ?
Compare au Christ sauveur les sages de la terre
et mesure leur gloire à son humilité.
Hypatie.
Ce serait prendre un soin trop plein de vanité.
Toute vertu sans doute a droit à nos hommages,
et c' est toujours un dieu qui parle dans les sages.
Je rends ce que je dois au prophète inspiré,
et comme à toi, mon père, il m' est aussi sacré ;
mais sache dispenser une justice égale,
et de ton maître aux miens maque mieux l' intervalle.

Sois équitable enfin. Que nous reproches-tu ?
Ne veillons-nous pas seuls près d' un temple abattu,
sur des tombeaux divins qu' on brise et qu' on insulte ?
Prêtres d' un ciel muet, naufragés d' un grand culte,
héritiers incertains d' un antique trésor,
sans force et dispersés, que te faut-il encor ?
Oui, les temps sont mauvais, non pas pour ton église,
mon père, mais pour nous que ton orgueil méprise,
pour nous qui n' enseignons, dans notre abaissement,
que l' étude, la paix et le recueillement.
Tourne au passé tes yeux ; rappelle en ta mémoire
les destins accomplis aux jours de notre gloire.
Nos dieux n' étaient-ils donc qu' un rêve ? Ont-ils
menti ?
Vois quel monde immortel de leurs mains est sorti,
ce symbole vivant, harmonieux ouvrage
marqué de leur génie et fait à leur image,
vénérable à jamais, et qu' ils n' ont enfanté
que pour s' épanouir dans l' ordre et la clarté !
Quoi ! Ce passé si beau ne serait-il qu' un songe,
un vrai spectre animé d' un esprit de mensonge,
une erreur séculaire où nous nous complaisons ?
Mis vous en balbutiez la langue et les leçons,
et j' entends, comme aux jours d' Homère et de Virgile,
les sons qui m' ont bercée expliquer l' évangile !
Ah ! Dans l' écho qui vient du passé glorieux
écoute-les, Cyrille, et tu comprendras mieux.
écoute, au bord des mers, au sommet des collines,

sonner les rythmes d' or sur des lèvres divines,
et le marbre éloquent, dans les blancs parthénons,
des artistes pieux éterniser les noms.
Regarde, sous l' azur qu' un seul siècle illumine,
des îles d' Ionie aux flots de Salamine,
l' amour de la patrie et de la liberté
triompher sur l' autel de la sainte beauté ;
dans l' austère repos des foyers domestiques
les grands législateurs régler les républiques,
et les sages, du vrai frayant l' âpre chemin,
de sa propre grandeur saisir l' esprit humain !
Tu peux nier nos dieux ou leur jeter l' outrage,
mais de leur livre écrit déchirer cette page,
coucher notre soleil parmi les astres morts...
va ! La tâche est sans terme et rit de tes efforts !
Non ! ô dieux protecteurs, ô dieux d' Hellas ma mère,
que sur le pavé d' or chanta le vieil Homère,
vous qui vivez toujours, mais qui vous êtes tus,
je ne vous maudis pas, ô forces et vertus,
qui suffisiez jadis aux races magnanimes,
et je vous reconnais à vos oeuvres sublimes !
Cyrille.
C' est bien ! Reconnais-les aux fruits qu' ils ont
portés,
ces démons de l' enfer sous d' autres noms chantés,
qui, d' un poison secret infectant l' âme entière,
ont voulu l' étouffer dans l' immonde matière,
et sous la robe d' or d' une vaine beauté

ont caché le néant de l' impudicité.
Quand les peuples nourris en de telles doctrines,
comme des troncs séchés jusque dans leurs racines,
florissants au dehors, mais la mort dans le coeur,
tombent en cendre avant le coup du fer vengeur ;
quand Rome, succédant à la Grèce asservie,
de sang, de voluptés terribles assouvie,
faisant mentir enfin l' oracle sibyllin,
dans sa propre fureur se déchire le sein,
s' effraie aux mille cris de vengeance et de haine
d' un monde révolté qui va briser sa chaîne,
et, d' un destin fatal précipitant le cours,
dans ses temples muets blasphème ses dieux sourds ;
enfant, prête l' oreille, interroge la nue ;
dis-moi ce que ta gloire antique est devenue !
Ou plutôt, vois, parmi l' essaim des noirs corbeaux,
la torche du barbare errer sur vos tombeaux ;
et, repoussant du pied la bacchante avilie,
couchée, ivre et banale, au sein de l' Italie,
le grand Caesar chrétien abriter à la fois
et l' empire et Byzance à l' ombre de la croix !
Jours du premier triomphe où, comme une bannière,
le sacré labarum flotta dans la lumière !
Puis, quand un voile épais semble obscurcir le ciel
et qu' il faut boire encore à la coupe de fiel,
vois Julien, faisant de la pourpre un suaire,
ranimer un instant ses dieux dans l' ossuaire,
railler le Christ sauveur, et, comme un insensé,

refouler l' avenir débordant le passé,
offrir un encens vil aux idoles infâmes,
l' or à l' apostasie et des pièges aux âmes,
mais bientôt, de son crime avorté convaincu,
crier : -galiléen ! Je meurs et suis vaincu ! -
et maintenant, regarde, au sein de la tourmente,
l' humanité livrée à la mer écumante ;
apprends-moi dans quel lit assez profond pour lui
enfermer ce torrent qui déborde aujourd' hui
et qui, de jour en jour plus furieux sans doute,
pour trouver son niveau voudra creuser sa route :
vaste bouillonnement de désirs, d' intérêts,
d' avide convoitise et de sombres regrets ;
peuples vieillis flottant au milieu du naufrage,
et jeunes nations surgissant d' un orage,
sans force d' une part et d' autre part sans frein,
qui roulent au hasard comme un déluge humain.
Comment briseras-tu ce flot irrésistible ?
Où marques-tu le terme à sa course terrible ?
Et le mèneras-tu, par des sentiers choisis,
du jardin de Platon aux parvis d' éleusis ?
Ma fille, un nouveau lit s' ouvre au courant de l' onde,
un nouveau jour se lève à l' horizon du monde,
et le sang de mon dieu cimente parmi nous
le seul temple assez grand pour nous contenir tous.
Là, dans un même élan d' espérances communes,
l' homme méditera de plus hautes fortunes :
la paix, la liberté, le ciel à conquérir

feront un saint devoir de vivre et de mourir,
et les siècles verront, pleins de joie infinie,
la famille terrestre à son dieu réunie !
Hypatie.
Va ! Ne mesure point ta force à nos revers
je sais à quel désastre assiste l' univers.
Le noble Julien, succombant à la peine,
m' instruit à confesser son espérance vaine ;
ce que Caesar tenta, je ne l' ai point rêvé.
Contre ses dieux trahis ce monde est soulevé ;
le présent, l' avenir, la puissance et la vie
sont à vous, je le sais, et la mort nous convie.
Mais jusqu' à la fureur pourquoi vous emporter ?
Jusque dans nos tombeaux pourquoi nous insulter ?
Que craignez-vous des morts, vous de qui les mains
pures
s' élèvent vers le ciel vierges de nos souillures,
et qui, seuls, dites-vous, êtes prédestinés
à donner la sagesse aux peuples nouveau-nés ?
Efforcez-vous, plutôt que nous jeter l' outrage,
de chasser de vos coeurs la discorde sauvage,
et s' il est vrai qu' un dieu vous guide, soyez doux,
cléments et fraternels, et valez mieux que nous.
Regarde ! Tout l' empire est plein de vos querelles.
Quel jour ne voit germer quelques sectes nouvelles,
depuis que Constantin, depuis bientôt cent ans,
dans Nicée assembla vos pères triomphants
qui, du temple nouveau pour mieux asseoir la base,

contraignirent le monde à la foi d' Athanase ?
Vains efforts ! Car l' ardeur de vos dissensions
n' a cessé de troubler le coeur des nations.
Que la pourpre proscrive ou cache l' hérésie,
portant dans vos débats la même frénésie
et par la controverse à la haine poussés,
au nom du même dieu tous vous vous maudissez !
Où sont la paix, l' amour, qu' enseignent vos églises ?
Sont-ce là les leçons à l' univers promises ?
Et veux-tu qu' infidèle au culte des aïeux,
je prenne aveuglément vos passions pour dieux ?
Cyrille, écoute-moi. Demain, dans mille années,
dans vingt siècles, -qu' importe au cours des
destinées ! -
l' homme étouffé par vous enfin se dressera :
le temps vous fera croître et le temps vous tuera :
et, comme toute chose humaine et périssable,
votre oeuvre ira dormir dans l' ombre irrévocable !
Cyrille.
Qu' en sais-tu ? D' où te vient cette présomption
d' oser pousser au ciel ta malédiction ?
Quoi ! L' église que Dieu pour sa gloire a fondée,
du sang des saints martyrs encor tout inondée,
comme un phare éclatant dans le naufrage humain,
si tu ne l' applaudis, va s' écrouler demain !
Tu braves à ce point l' éternelle justice !
Tremble qu' elle n' éclate et ne t' anéantisse...
mais je m' oublie ! Et Dieu, qui parle par ma voix,

daigne encor t' avertir une dernière fois.
Femme ! Si nous offrons en spectacle à nos frères
la barque de l' apôtre en proie aux vents contraires,
touchant à peine au port, et, comme aux premiers jours,
lancée en haute mer pour y lutter toujours ;
si la victoire même a produit un mal pire
par la contagion des vices de l' empire ;
si l' hérésie enfin, mensonge renaissant,
souille notre triomphe en nous désunissant,
et, germe de colère autant que de ruine,
livre au caprice humain la parole divine ;
si trop d' ardeur nous pousse à trop de liberté,
ne t' en réjouis point dans ta malignité :
nos passions du moins sont d' un ordre sublime !
Nous combattons en nous les esprits de l' abîme,
et nous voulons forger avec des mains en feu
la sereine unité de nos âmes en Dieu !
Qu' importe tout un siècle écoulé dans l' orage,
si l' arche du refuge est intacte et surnage,
si, durant la tempête, un souffle furieux
s' envole au port divin et nous y conduit mieux !
Comme Pierre, jadis, qui s' effraie et chancelle,
sur les flots soulevés le seigneur nous appelle ;
mais, si dans sa clémence il nous prend en merci,
où l' apôtre a marché nous marcherons aussi ;
et ce miracle saint, quand la foi le contemple,
du triomphe promis est l' image et l' exemple.
Entends, ouvre les yeux, ma fille, et suis nos pas.

C' est le néant qui s' ouvre à qui n' espère pas !
Y dormir à jamais, est-ce là ton envie ?
Adores-tu les morts ? As-tu peur de la vie ?
Tes dieux sont en poussière aux pieds du Christ
vainqueur !
Hypatie.
Ne le crois pas, Cyrille ! Ils vivent dans mon coeur,
non tels que tu les vois, vêtus de formes vaines,
subissant dans le ciel les passions humaines,
adorés du vulgaire et dignes de mépris ;
mais tels que les ont vus de sublimes esprits :
dans l' espace étoilé n' ayant point de demeures,
forces de l' univers, vertus intérieures,
de la terre et du ciel concours harmonieux
qui charme la pensée et l' oreille et les yeux,
et qui donne, idéal aux sages accessible,
à la beauté de l' âme une splendeur visible.
Tels sont mes dieux ! Qu' un siècle ingrat s' écarte
d' eux,
je ne les puis trahir puisqu' ils sont malheureux.
Je le sens, je le sais : voici les heures sombres,
les jours marqués dans l' ordre impérieux des nombres.
Aveugle à notre gloire et prodigue d' affronts,
le temps injurieux découronne nos fronts ;
et, dans l' orgueil récent de sa haute fortune,
l' avenir n' entend plus la voix qui l' importune.
ô rois harmonieux, chefs de l' esprit humain,
vous qui portiez la lyre et la balance en main,

il est venu, celui qu' annonçaient vos présages,
celui que contenaient les visions des sages,
l' expiateur promis dont Eschyle a parlé !
Au sortir du sépulcre et de sang maculé,
l' arbre de son supplice à l' épaule, il se lève ;
il offre à l' univers ou sa croix ou le glaive,
il venge le barbare écarté des autels,
et jonche vos parvis de membres immortels !
Mais je garantirai des atteintes grossières
jusqu' au dernier soupir vos pieuses poussières,
heureuse si, planant sur les jours à venir,
votre immortalité sauve mon souvenir.
Salut, ô rois d' Hellas ! -adieu, noble Cyrille !
Cyrille.
Abjure tes erreurs, ô malheureuse fille,
le dieux jaloux t' écoute ! ô triste aveuglement !
Je m' indigne et gémis en un même moment.
Mais puisque tu ne veux ni croire ni comprendre
et refuses la main que je venais te rendre,
que ton coeur s' endurcit dans un esprit mauvais,
c' en est assez ! J' ai fait plus que je ne devais.
Un dernier mot encor : -n' enfreins pas ma défense ;
une ombre de salut te reste : -le silence.
Dieu seul te jugera, s' il ne l' a déjà fait ;
sa colère est sur toi ; n' en hâte point l' effet.
Hypatie.
Je ne puis oublier, en un silence lâche,
le soin de mon honneur et ma suprême tâche,

celle de confesser librement sous les cieux
le beau, le vrai, le bien, qu' ont révélés les dieux.
Depuis deux jours déjà, comme une écume vile,
les moines du désert abondent dans la ville,
pieds nus, la barbe inculte et les cheveux souillés,
tout maigris par le jeûne, et du soleil brûlés.
On prétend qu' un projet sinistre et fanatique
amène parmi nous cette horde extatique.
C' est bien. Je sais mourir, et suis fière du choix
dont m' honorent les dieux une dernière fois.
Cependant je rends grâce à ta sollicitude
et n' attends plus de toi qu' un peu de solitude.
Cyrille et l' acolyte sortent.

Scène IV

Hypatie, la nourrice.
La nourrice.
Mon enfant, tu le vois, toi-même en fais l' aveu :
tu vas mourir !
Hypatie.
Je vais être immortelle. Adieu !

LA CHANSON DU ROUET 1855

ô mon cher rouet, ma blanche bobine,
je vous aime mieux que l' or et l' argent !
Vous me donnez tout, lait, beurre et farine,
et le gai logis, et le vêtement.
Je vous aime mieux que l' or et l' argent,
ô mon cher rouet, ma blanche bobine !
ô mon cher rouet, ma blanche bobine,
vous chantez dès l' aube avec les oiseaux ;
été comme hiver, chanvre ou laine fine,
par vous, jusqu' au soir, charge les fuseaux.
Vous chantez dès l' aube avec les oiseaux,
ô mon cher rouet, ma blanche bobine.
ô mon cher rouet, ma blanche bobine,
vous me filerez mon suaire étroit,
quand, près de mourir et courbant l' échine,
je ferai mon lit éternel et froid.
Vous me filerez mon suaire étroit,
ô mon cher rouet, ma blanche bobine !

SOUVENIR 1855

Le ciel, aux lueurs apaisées,
rougissait le feuillage épais,
et d' un soir de mai, doux et frais,
on sentait perler les rosées.
Tout le jour, le long des sentiers,

vous aviez, aux mousses discrètes,
cueilli les pâles violettes
et défleuri les églantiers.
Vous aviez fui, vive et charmée,
par les taillis, en plein soleil ;
un flot de sang jeune et vermeil
pourprait votre joue animée.
L' écho d' argent de votre voix
avait sonné sous les yeuses,
d' où les fauvettes envieuses
répondaient toutes à la fois.
Et rien n' était plus doux au monde
que de voir, sous les bois profonds,
vos yeux si beaux, sous leurs cils longs,
étinceler, bleus comme l' onde !
ô jeunesse, innocence, azur !
Aube adorable qui se lève !
Vous étiez comme un premier rêve
qui fleurit au fond d' un coeur pur !
Le souffle des tièdes nuées,
voyant les roses se fermer,
effleurait, pour s' y parfumer,
vos blondes tresses dénouées.
Et déjà vous reconnaissant
à votre grâce fraternelle,
l' étoile du soir, blanche et belle,
s' éveillait à l' est pâlissant.
C' est alors que, lasse, indécise,

rose, et le sein tout palpitant,
vous vous blottîtes un instant
dans le creux d' un vieux chêne assise.
Un rayon, par l' arbre adouci,
teignait de nuances divines
votre cou blanc, vos boucles fines.
Que vous étiez charmante ainsi !
Autour de vous les rameaux frêles,
en vertes corbeilles tressés,
enfermaient vos bras enlacés,
comme un oiseau fermant ses ailes ;
ou comme la dryade enfant,
qui dort, s' ignorant elle-même,
et va rêver d' un dieu qui l' aime
sous l' écorce qui la défend !
Nous vous regardions en silence.
Vos yeux étaient clos ; dormiez-vous ?
Dans quel monde joyeux et doux
l' emportais-tu, jeune espérance ?
Lui disais-tu qu' il est un jour
où, loin de la terre natale,
la vierge, d' une aile idéale,
s' envole au ciel bleu de l' amour ?
Qui sait ? L' oiseau sous la feuillée
hésite et n' a point pris l' essor,
et la dryade rêve encor...
un dieu ne l' a point éveillée !

LES ETOILES MORTELLES 1864

Un soir d' été, dans l' air harmonieux et doux,
dorait les épaisses ramures ;
et vous alliez, les doigts rougis du sang des mûres,
le long des frênes et des houx.
ô rêveurs innocents, fiers de vos premiers songes,
coeurs d' or rendant le même son,
vous écoutiez en vous la divine chanson
que la vie emplit de mensonges.
Ravis, la joue en fleur, l' oeil brillant, les pieds
nus,
parmi les bruyères mouillées
vous alliez sous l' arome attiédi des feuillées
vers les paradis inconnus.
Et de riches lueurs, comme des bandelettes,
palpitaient sur le brouillard bleu,
et le souffle du soir berçait leurs bouts en feu
dans l' arbre aux masses violettes.
Puis, en un vol muet, sous les bois recueillis,
insensiblement la nuit douce
enveloppa, vêtus de leur gaine de mousse,
les chênes au fond des taillis.
Hormis cette rumeur confuse et familière
qui monte de l' herbe et de l' eau,
tout s' endormit, le vent, le feuillage, l' oiseau,
le ciel, le vallon, la clairière.
Dans le calme des bois, comme un collier divin

qui se rompt, les étoiles blanches,
du faîte de l' azur, entre les lourdes branches,
glissaient, fluides et sans fin.
Un étang solitaire, en sa nappe profonde
et noire, amoncelait sans bruit
ce trésor ruisselant des perles de la nuit
qui se posaient, claires, sous l' onde.
Mais un souffle furtif, troublant ces feux épars
dans leur ondulation lente,
fit pétiller comme une averse étincelante
autour des sombres nénuphars.
Chaque jet s' épandit en courbes radieuses,
dont les orbes multipliés
allumaient dans les joncs d' un cercle d' or liés
des prunelles mystérieuses.
Le désir vous plongea dans l' abîme enchanté
vers ces yeux pleins de douces flammes ;
et le bois entendit les ailes de vos âmes
frémir au ciel des nuits d' été !